プラチナ文庫

Platinum Label

全寮制男子校に転入してみた。

栗城 偲

"Zenryohseidanshikoh ni Tennyuu shitemita"

presented by Shinobu Kuriki

JN286960

プランタン出版

目次

※本作品の内容はすべてフィクションです。

全寮制男子校に転入してみた。

「ねえ青葉《あおば》、日本の高校に入ってみない？」

夕食の時間に、そう唐突に切り出したのは母だった。ハンバーグを箸で割りながら、小《こ》西《にし》青葉は首を傾《かし》げる。

「なんで今更？　なに、急に」

青葉が両親の仕事の都合でアメリカ合衆国へ移住したのは、十歳のときだった。それなりに頭の出来がよかった青葉は言語をすぐ習得した後、飛び級の制度を利用して、つい先日、人より少し早めに大学を卒業したところだった。

青葉の返しに、父と母は顔を見合わせる。父は黒縁の眼鏡の奥の目を細め、箸を握りなおした。

「集団生活とか、日本の習慣っていうか空気とか、そういうのを学べるチャンスって今しかないからさ」

「いや、別に今後日本に帰る予定とか特にないし――」

「――それに、ほら、来年の四月からなら二年生に編入できるし！」

まだ言い終わらないうちから、被《かぶ》せるような父の提案に、母も横でうんうんと頷《うなず》いている。

「同年代の友達も沢山出来るわよ。高校時代の友達は一生ものよ～」

母の追撃に、なるほど、そっちがメインかと青葉は嘆息した。

青葉は、同年代の友人の数が少ない。年上の友人たちも、そう極端に離れているわけではないのだが、大人と子供ほどには違う。酒がまだ飲めないこともあってか、深い付き合いの友人もいない。

両親似の童顔で、特に母親譲りの大きな目、声変わりを迎えてもまだ細い声質や華奢《きゃしゃ》な体軀は必要以上に青葉を幼く見せているらしく、自然と扱いも子供相手のそれになりやすい。勉強中は別だったが、交友関係においては対等な付き合いとは言えなかった。

もっとも、勉強に勤しんでいたのでそれほど不自由は感じなかったが、両親は息子の優秀さを喜ぶよりも、同年代の友人が極端に少ない息子を見て少々不安を抱いたらしい。

青葉があまりアメリカナイズされなかったことも、友達がいないからではと心配しているようだ。性格的なものは仕方ないのにと内心で溜息《ためいき》を吐く。

「青葉だって、就職するか院に行くか旅に出ようかって迷ってて、結局今のところなにも結論出てないじゃない？　なら日本に行くっていうのも一つの選択肢だと思うの」

「まあ……それは申し訳ないとしか言えないけど」

結局答えが出ないまま卒業してしまったことも、両親の不安を煽《あお》る要因になったのだろう。味噌汁《みそしる》を啜《すす》りつつ思案し、青葉はふとした思い付きを口にした。

「――じゃあ俺、白金《しろがね》学園行きたい。っていうか、そこなら行ってもいいよ」

青葉の出した条件に、両親は顔を見合わせる。

「白金学園って、あなたの母校よね？」

「うん、小西の男は大概あそこに進学するんだ。親父も伯父さんも爺《じい》さんもあそこだし。……なんだ青葉、父さんと同じところに行きたかったのかー？」

「いや、大伯父さんと一緒の学校行ってみたくて」

ちょっと違うと否定すると、父は「そこは肯定してくれてもいいじゃないか」と寂しげに箸を咥《くわ》えた。

白金学園は東京にある有名進学校で、父も含め、父方の祖父の兄である大伯父もかつて通っていたという学校だ。

同じアメリカに住む、ちょっと変わり者の大伯父が青葉は好きだった。「じいちゃん」と呼び慕う青葉を孫のように可愛《かわい》がってくれている。彼は独身ということもあってか、年齢よりも若い外見をしており、還暦もとうに超えたというのに時折青葉よりも子供っぽい言動をとることも多い。

「白金学園、いい学校だぞ。ちょっと前時代的なところもあるけど、編入にしても色々フォローしてくれるだろうし、全寮制だから一人暮らしさせる心配もないしな。父さんは賛成だ」

「男子校だから、お友達も見つけやすいかしらね」

「うん。まあノリと校風はちょっと……だいぶ？　変わったところがあるけど。横のつながりも縦のつながりも強いから将来的にもいいと思うし。あ、でも男子校だから学校行事とか気合入るし、文化祭とか体育祭は相当燃えるぞ」

なにそれ疲れる、というのが率直な感想だが、口にはしなかった。

「それに、伯父さんが大事な相手を見つけたのも白金学園で、だったしな」

父の科白に、青葉は一瞬言葉に詰まった。どういうつもりで言ったのかはわからないが、心中を見透かされたような気がする。ちょっと気まずい思いをしながら、食事を終えた青葉は大伯父へと電話を入れた。

『はぁ……今からあっちの高校ねえ。ぶらぶらしてるよりゃいいけど、お前の両親も大概変わってるなぁ』

膝に乗った飼い猫を撫《な》でながら、青葉はまったくだと嘆息する。

「まあでも、父さんもじいちゃんも、いいところだって言うから、俺もちょっと興味あったし」

いつも人を喰《く》ったような態度で、飄々《ひょうひょう》とした大伯父がちょっと切なげな顔をするのは、彼が高校生の頃の思い出を話すときだ。

窮屈《きゅうくつ》で退屈な三年間。そのときに大伯父は生涯のパートナーを見つけ、卒業後にはともに外国で暮らすようになった。出会いは半世紀も前の話で、今はもうパートナーもいないけれど、それでもその頃の思い出がなによりも綺麗《きれい》で今も褪《あ》せないままだと、大伯父は目を細める。記憶に残るのは、時間の長さの問題ではなく強い印象なのだと。

『……へえ。ま、いいところだよ』

意地悪なツッコミはせずに、大伯父が電話の向こうで笑う。

青葉は、今まで「恋愛」というものをしたことがない。周囲が年嵩《としかさ》だったことや、青葉が実年齢よりももっと子供に見えること、更に青葉にとって友人たちも大人に見えたこともあり、恋愛をする環境になかったのだ。

青葉はまだ恋を知らない。けれど、恐らく自分が大伯父と同様に、同性に惹かれる嗜好なのだという自覚があった。

だからこそあの大伯父の思い出の場所に、興味があったのだ。きっと、そんな思いを大伯父は見透かしている気がする。

『まあ、頑張れよ。素晴らしき学び舎で、青葉にもいい出会いが訪れるよう、ここから祈ってるからな』

「――……素晴らしき学び舎……？」

欠伸《あくび》を嚙《か》み殺しながら、青葉は寮の廊下の壁に背を付けて眼前の人垣を眺める。

まだ寝ていたかったのにと、うとうとしていると、ルームメイトの広瀬に肩を小突かれた。

「なに寝てんだよ！　ちゃんと立てって！」

黒々とした太眉《ふとまゆ》を吊《つ》り上げて睨《にら》む広瀬《ひろせ》に向かって、青葉は我慢するのをやめて盛大に欠伸をした。

「寝てないって。起きてるよ」

「お前、ほんっと信じらんねえ。いいか、寮生の恥は寮全体の恥になるんだよ！　ちゃんとしてくれないと俺たちまで評価が下がる！」

広瀬はどこか気負ったように言いながら青葉の腕を引いた。人垣の群れの中にぎゅうぎゅうと押し込められて、青葉は勘弁してくれと天を仰《あお》ぐ。

なんだよこれ。

――……「ちゃんと」って、なにをもって「ちゃんと」なんだ。ていうか、マジでなん

やがて強引に人垣から押し出され、最前列に広瀬と並ぶ羽目になった。

広瀬は他の寮生と同じように、渡り廊下に続く出入り口の方向を、青葉の腕にしがみつきながら首を伸ばして望む。

春休み期間中に寮の部屋替えがあるというので、青葉はそれに合わせて大伯父や父たちの母校である白金学園の二学年に編入した。途中編入はあまり例のないことらしいが、卒業生である親類縁者が多いことと、青葉本人の成績などが考慮され、それなりにすんなりと入学できたのだ。

何故この中途半端な時期に、とやはり訊《き》かれたが、あちらで大学を卒業したタイミングだったことと、両親と青葉本人の日本で学ぶことへの強い希望、と答えた。

白金学園は東京《とうきょう》都の郊外に置かれた中高一貫教育の私立男子校だ。明治《めいじ》時代に私塾として創立され、一時は生徒総数が三千人を超えていたこともあるという。中高一貫だがエスカレーター式には上がれず、成績不良者は容赦なく振り落されるのが特徴で、有名大学への進学率も高い。そういったこともあってか、入学・編入で一番重要視されるのは家柄や経済力ではなく、生徒本人の文武の能力だという。場合によっては授業料が免除になるた

め、私立といえど門戸は広い。

——だからこそ、上下関係・横のつながりが異常に強くなるのかな。

全寮制のため、敷地内には中等部と高等部の全生徒を収容するための寮が五棟も建てられている。

中央に配置された黄麟《きりん》寮は、唯一明治時代からある古い建造物で、生徒会役員のみが入寮を許されており、普段は一般生徒が立ち入れない特別棟らしい。円柱型の黄麟寮からは東西南北に渡り廊下が伸びており、その先にはそれぞれ東方青竜《とうほうせいりゅう》寮、西方白虎《せいほうびゃっこ》寮、南方朱雀《なんぽうすざく》寮、北方玄武《ほくほうげんぶ》寮という仰々《ぎょうぎょう》しい名前の付けられた一般寮が配置されている。

そのうちの「東方青竜寮」に青葉は籍を置いていた。

すべての寮は四階建てで、一階は食堂や風呂などの共有施設があり、二階が高等部三年、三階が高等部一、二年、四階が中等部の部屋というのが共通している。

生徒数が多かったころは一部屋に五、六人が寝起きしていたそうだが、今は多くても四人部屋で、それも高等部も三年生になれば二人部屋に、場合によっては一人部屋になることもあるらしい。三年生の使う二階の一人部屋及び二人部屋になるとトイレとシャワールームが各部屋にも備え付けられる。

入学してみてわかったことだが、白金学園の生徒は学年やクラスよりも、寮生同士の結束のほうが強いらしい。青葉も初日に声をかけてきた生徒には軒並み「何寮？」と問われたほどだ。

上下関係に厳しく、青葉は初日に寮生の三年生に会釈《えしゃく》をしなかったということで叱責《しっせき》されたほどだ。海外からの転入生であることがわかってお咎めは受けなかったが、同室の広瀬は散々説教をされたらしく、以降、青葉に鬱陶《うっとう》しいほどについて回るようになった。

効率化されていることも多いが、それ以上に無駄なことのほうが多いらしい。入寮から一ヶ月が経過し、もう四月の半ばだが。

――……理解できん。

幾度目かの欠伸を堪《こら》えつつ、眉根を寄せる。

今日はその「無駄なこと」のために、広瀬によって午前六時に叩《たた》き起こされた。授業開始時刻は九時で、あと二時間遅く起きても十分間に合うというのに何事かと思えば、今日は月に一度の「生徒会巡視」の日だという。

生徒会巡視というのは、生徒会執行部員がそれぞれの寮に立ち寄り見回りを行う、という行事のことを指すらしい。

そして今現在、青葉が巻き込まれているのはその「お出迎え」なのだ。

この「お出迎え」は強制ではないが、ほぼ暗黙の了解で決まっているようだ。朝から寮生全員がきっちりと制服を着こみ、生徒会の面々を寮へと迎え入れる。

——しかもなにがびっくりって、嫌々やってるやつが殆《ほと》どいないように見えるんだよな、これ。

この行事は、設備不良の訴えや校則等に関する異議申し立て、あるいはその他の問題など、一般生徒が直接生徒会役員に意見を表明できる唯一の場らしい。そんなものは休み時間などに直接クラスに行けばいいことなのでは、と思ったが、公務に当たっているとき以外の意見は原則聞き入れられないというルールがあるとのことだった。

それなら意見があるものだけが出迎えればいいだけだろう、と意見してみたら、まるで異端のものを見るような、侮蔑的な視線を投げつけられた。わざわざ生徒会が来てくれるというのになにを、ということだ。

——つまり、この学園において「生徒会」っていうのは独裁者であり、アイドルでもある、と。

そういうところは愛国主義に少し似ている、と青葉は思う。ただ、あのノリにもいまいちついて行けてはいなかったのだが。

テレビも満足に見られない、寮の外へも自由に出られない、そんな状況下で作り出した娯楽のひとつでもあるのだろうなと、青葉は分析することで退屈を紛らわせる。

——なんせ、本当に陸の孤島だもんな。携帯電話・パソコン持ち込み不可だっていうし。どんな些細《ささい》なもんでも娯楽を見つけないとやってられないってことかね。

各寮と図書館棟、一部特別室にパソコンがあるものの、学生証に記載されているＩＤがなければ使用できず、基本的に外部ネットワークにはプロテクトがかかっているので、自由に閲覧はできないそうだ。

牢獄かよ、と思いながら嘆息すると、傍《かたわ》らの広瀬に小突かれた。

「そろそろ来るぞ。復習復習」

生徒会執行部員のおでましだからか、やけにはしゃいだ声を出す広瀬に青葉は嘆息した。

「……生徒会長の定禅寺《じょうぜんじ》尊《みこと》先輩。副会長三年の経ケ峯《きょうがみね》穂積《ほづみ》先輩、副会長二年の中杉山《なかすぎやま》波音《はのん》。会計三年の花京院《かきょういん》渉《わたる》先輩、会計二年の鷹新道《たかしんどう》末広《すえひろ》……だから、顔と一致しなきゃ意味ないだろって」

前の晩からしつこく覚えさせられた生徒会執行部員の名前を言わされ、青葉は辟易《へきえき》とする。広瀬はうんうんと頷きながら青葉の肩を叩いた。

「さすが優秀な編入生。完璧じゃん。あとは波音さんのことは波音さんもしくは波音様と呼べ」

「なんでだよ。ていうか、この学校の生徒会執行部員は苗字《みようじ》が難しくないとなれないってルールでもあんのか」

「んなわけないだろ。苗字が立派なのも顔が美しいのも偶然だ。そんなことより、生徒会執行部員は絶対にお前が覚えた順番で来るから、顔と名前一致させろよ」

なるほどそういうことかとは思ったが、自分が生徒会に関わる予定がないので、果たして顔と名前を一致させることにどれほどの意味があるのかは不明だ。だがこれ以上反抗するのも疲れるので、はいはいと生返事をする。

「あっ来た！」

誰かが小さく声を発したことで、にわかに廊下が騒がしくなった。

反応はそれぞれで、君主に敬礼するようにしっかりと立つものもいれば、アイドルにするように騒ぐものもいる。勿論、義務でその場にいるものもいるだろう。どちらかといえば後者に交じりたいのだが、最前列に位置取りをさせられてしまったのでそれもままならない。

その喧噪《けんそう》の中から出てきた生徒会執行部員の面々に、青葉は目を瞬《また》かせた。

――大名行列みたいだなこりゃ……。

広瀬の言った通りであれば、先頭を歩くのが生徒会長の定禅寺尊なのだろう。ネクタイの色が学年ごとに違うので、広瀬に散々教えられていた特徴と照らし合わせて、顔と名前を一致させる。すぐ後ろに副会長の二人、その後ろに会計二名、書記二名と続き、後列は三列縦隊で中等部の制服を着た生徒が続く。

全員制服はまったく着崩しておらず、衿《えり》には揃《そろ》いの、黄色の石でできたラペルバッジが飾られていた。一般生徒に支給されているものではないようなので、恐らくあれが生徒会執行部の印《しるし》なのだろう。

「……なんか、すげえなぁ」

思わずそう独り言ちて、青葉は生徒会執行部の面子を見つめる。

昨晩広瀬から「美形が揃っている」ということを耳にたこができるほど聞いたが、確かに生徒会長を筆頭に、顔で選んだのかと問いたくなるような面々だ。アイドル扱いになるのも納得といったところか。

野太い咆哮《ほうこう》と、中等部の生徒もいるせいか、男子校だというのに黄色い声援が飛ぶ。少々その勢いについていけず、青葉はよろめいた。

——えーと……日本の学校ってみんなこう……なわけねーよ。なんだこれ。なんだここ。ついていける気がしねえ……。

喉元まで出かかった疑問を飲み込み、青葉は口を噤《つぐ》んで今日の朝飯なんだろう、と気を紛らわせた。

不意に、隣にいた広瀬に肩を思い切り叩かれる。

「いってぇ！」

「なにぼーっとしてんだよ！　生徒会執行部だぞ！　ああー波音さんマジ可愛いー！」

二年副会長の中杉山波音は、少女めいていて可愛らしい容貌に微笑を湛《たた》え、他の面子より如才なく愛想を振舞っている。青葉も同年代の男子よりは小柄な部類だが、波音のほうが線が細くてずっと小さい。確かに可愛いと言えば可愛い容姿ではある。

「やばいな！　可愛いな！」

「可愛いってお前……男だろあれ」

「だからなんだ」

急に真顔になった広瀬に引きつつ、青葉は頭を振る。こんなにゲイに寛容な国だっただろうかと疑問に思いつつ、余計なことは口にしないことにした。

「野郎ばっかの檻《おり》の中で可愛いのは男だろうとなんだろうと目の保養なんだよ！　それに、波音さんはそんじょそこらの女よりも可愛いだろうが」

「お、おう……って、いて、痛ぇって！」

興奮しているのか、広瀬の張り手はどんどん威力を増してくる。浮足立っているのは広瀬だけではなく周囲もで、棒立ちの青葉はどんどんと前に押し出された。

「いい加減に……」

「あっ、会長こっちむいてくださいー！」

「いっ……！」

きゃーっ、と女子のような歓声を上げた寮生に、青葉は思い切り突き飛ばされる。

当たりどころが悪く、青葉は弾かれるようにたたらを踏み、つんのめってしまった。

「わ、わっ」

踏ん張ったが堪え切れず、廊下に倒れ込む。

しかもそれが運悪く生徒会執行部員の進行を妨げる形になってしまい、周囲がしんと静まり返った。

顔を上げると、生徒会執行部員が足を止めてこちらを見下ろしている。その場にいる誰もが無表情になっていたせいか、なんだかやけに現実味のない空間だ。

――……なんだっけこれ、生麦《なまむぎ》事件だっけ？

切り捨て御免、と袈裟《けさ》懸《が》けに切り付けられるのだろうか、とぼんやりしていると、刀ではなく手が差し出された。

「大丈夫？」

「だ、大丈夫で……」

反射的に手を取ろうとして、眼前の顔を見た瞬間に手が止まる。青葉の前に立っていたのは、生徒会長の定禅寺尊だった。

今まできれいな人間を見たことはそれなりにあるが、見惚《みと》れるほどの人物は初めてだ。肌色は薄く、肌理《きめ》が細かいせいか象牙のように美しい。こんなに近くで見ても、つるりとした肌に視線が釘付けになった。

かといって女性的ではなく、穏やかそうな微笑みは彼の男性的な包容力を示しているかのような安心感がある。意志の強そうな形の良い眉と、優しげな目元、虹彩《こうさい》は吸い込まれそうな深い色をしていた。彫りが深いわけではないのに目鼻立ちがはっきりしていて印象的な美貌だ。確かにこれは、思春期の少年はちょっと惑ってしまうかもしれないと妙なところで納得してしまう。

その目の前の綺麗な顔が、いつまでも反応を示さない青葉に困ったような表情を向けた。

「もしかして立てない？　足でも挫《くじ》いたかな？」

「あ、いえ、大丈夫で……、わっ⁉」

はっとして立ち上がろうとした瞬間、脇に手を差し込まれる。

生徒会長は、いくら小柄とはいえ百六十五センチはある青葉をいとも簡単に抱き上げた。一見細身だというのに、青葉を支える腕はまったく危なげない。

瞬間、背後から大きなどよめきが聞こえる。何事かと振り返ると、なんとも形容しがたい、負のオーラが漂う視線が一斉に突き刺さり、思わず息を飲んだ。

数人が歯嚙みしながら、青葉をまるで親の仇《かたき》のように見つめているのは、恐らく気のせいではない。身の危険を感じて、青葉はごくりと唾《つば》を嚥下《えんか》した。

そんな気配に気づいているのかいないのか、生徒会長は青葉を抱き上げたまま「大丈夫？」と呑気《のんき》に問うてくる。

「えーと……大丈夫ですから下ろして頂けま……」

「ん？　どうかした？」

至近距離の美しい顔で微笑まれて、一瞬言葉に詰まってしまった。鼓膜を擽《くすぐ》るような柔らかな美声には力が抜けるし、おまけにいい匂いまでしてくる。

けれど、向けられた笑みにどこか作り物めいた違和感を覚えて、青葉は眉を顰《ひそ》めた。

——なんか……腹になんか抱えてそうだなこの人。

その容貌の美しさに目を奪われたが、得体のしれないものを感じてつい顔を顰《しか》めてしまう。警戒を滲《にじ》ませた青葉に、尊の瞳が揺らいだ気がした。

「——尊」

絡まった視線を断ら切るように、背後に控えていた三年副会長の経ヶ峯が声を上げる。

はっとして、青葉も尊の手に触れた。

「あの……まったく問題ありませんので、下ろしてくださいませんか?」

訴えた声は、抑揚がなく少し冷たい声が出たかもしれない。らしくなく動揺したことの表れだったが、幸か不幸か誰にも伝わらなかった。

普段あんまりこういった物言いはされないのか、尊はきょとんとしていたし、人垣からは「なにあの言い方、生意気」という不穏な陰口が聞こえてくる。

けれど、尊は再び青葉を凝視していた。あの、と言いながら逃れるように身を捩《よじ》っても、深い色の瞳に青葉を映したまま動かない。まるで、壊れた機械のようで少し怖くなる。

「尊」

先程よりも強い語調で名を呼んだ経ヶ峯に、尊は息を吹き返したように動いた。

「尊先輩、セクハラー」

「下ろしてやれ、尊。セクハラだ」

「二人揃って……ひどいな」

波音と経ヶ峯から二人がかりでセクハラと責められ、尊は苦笑している。

ごめんねと言いながら下ろしてくれた尊に、青葉は胸を撫で下ろした。もし視線で人を射ぬけるのなら、青葉は蜂の巣にされていたかもしれない。

セクハラをされたとは思わないが、刺さる視線よりなにより居心地の悪い目だった。一体なんだったのかと動揺していると、波音がにっこりと笑いかけてくる。つられて笑い返すと、その間に割って入るように、経ヶ峯が手元の書類を素早く捲《めく》りながら立ちはだかった。

「――小西青葉」

「はい？」

大柄な経ヶ峯から飛んだ低く鋭い声に、内心びくりとしながらも平静を装って返す。彼は一瞥《いちべつ》をくれたのちに、書類へ目を落とした。

「三月十五日に東方青竜寮に入寮。四月一日付で高等部二年B組に編入」

どうやら先程は名を呼んだのではなく、青葉の情報を傍らの尊に伝えていただけらしい。尊は報告を聞き、ふわりと笑った。そこに先程までの作為的なものは感じず、そのことにも戸惑って、青葉は一歩後退してしまう。

「ああ、君か。珍しい編入生って。もう一ヶ月だけど、学園生活はどうかな？　なにか困ったことはない？」

優しい中低音の声は耳に心地よく、いつまでも聞いていたいくらいだ。しかし、投げかけられた言葉につい眉を寄せてしまう。

「ん？　どうかした？」

「……ていうか、今困ってるというか困らされてるっていうか」

ぼそっと零《こぼ》してしまった本音に、尊が目を丸くする。聞こえていたのは一番近くにいた波音だけなのか、真横でぶはっと笑い出した。しまったと思ったときには遅く、尊が少々困り顔で顔を寄せてくる。

「困ってる？」

「いや、あの」

思わず後退《あとずさ》ると、更にずいと寄ってきた。一歩下がるごとに一歩詰められる。

——なに、なんで近づくんだよ、なんで寄ってくんのこの人⁉

何故自分がこんなに動揺しているのかもよくわからず、青葉は心の中で疑問符を飛ばしながら尊から距離を取る。

「あの」

「なにかな」

「ちょっと、あんまり近寄らないでもらえますか」

両掌《りょうてのひら》を前に出して言うと、尊は目を瞠《みは》り、ふっと吹き出した。けれど、同時に周囲がどよめいたので彼の笑みは掻《か》き消される。

経ヶ峯が見かねたように「尊」と窘《たしな》める口調で呼んだ。尊はようやく青葉から距離を取り、何故か機嫌がよさそうにしている。

「青葉ね、うん。覚えた」

名前を呼んで、尊は青葉の頭をそっと撫でた。髪を一房指で掬《すく》い、顔の輪郭をなぞるようにその指が下りてくる。

柔らかく肌に触れた指の感触に、悪寒ともつかないものが背筋を震わせた。

「この波音が、君とは同じクラスで寮も同じはずだから、なにか困ったことがあったら言うといい」

尊は後ろに控えていた波音を手で示す。波音はよろしくと笑って青葉にひらひらと手を振った。

「……はあ、ありがとうございます」

「じゃあ、よい学園生活を」

手の感触が残る頭をそっと撫でる。

けれどこの邂逅《かいこう》こそが、青葉が「よい学園生活を」送れなくなる引き金になるとは、このとき当の青葉と、恐らく尊だけが理解していなかった。

困ったことはありませんと答えた青葉だったが、それから間もなく「困った事態」に陥る羽目になった。

いわゆる「抜け駆け」というものをしたという咎で、些細な嫌がらせを受けるようになったのだ。

生徒会長に触れられた、ということに対する反応は、単純に「いいなあ」と羨ましがるものもいれば、「いい気になるなよ」と睨みを利かせるものまで様々だ。

尊はあれ以来、珍しく高等部から編入した青葉を気にかけているようで、学校などで見かけると声をかけてくれるようになった。しかし前述の通り、尊と接すれば風当たりが強くなるのもわかっていて、彼への反応がいまいち微妙になる。

それがまた「会長に声をかけてもらっているのにあの態度はなんだ！」という怒りを買っているらしい。もっとも、懐いたところで更なる集中砲火を浴びるのは必至だ。

――まあ、教科書に落書きとか、机とかロッカーにごみを入れられたりするくらいで、一つ一つは大したことがないのが救いだな。

ちなみに、教科書が落書きされたことはさくっと学校に報告して筆跡で犯人を見つけ、弁償させた。下足入れやロッカーに入れられたごみはすべて教卓の上にぶちまけ、教師の説教と共にクラス全員で掃除をする羽目になったので、同じ真似をしてくるものは潰《つい》えた。ルームメイトは、ばんばんやり返す青葉を逆に心配し始めているようだ。死にはしないから平気だと返していたが。

それに、彼らはどうやら温室育ちで存外打たれ弱いらしく、青葉の反撃に尻尾を丸めてしまうものが大半だったのだ。

——そりゃ中には反撃に負けないやつもいるだろうよ……それでも、ちょっとこれは洒《しゃ》落《れ》にならないんじゃねえのか、おい！

前髪をぽたぽたと伝う水を払うように頭を振り、青葉は顔を上げた。

埃《ほこり》や砂、髪の毛などの混じった汚水は、恐らく教室などの掃除した際に使用されたものだろう。それが空から降ってきて、清掃後、校舎中庭のごみ捨て場に向かっていた青葉に命中した。

そんな暴挙を働いた人物の姿は見える位置には既にない。ただ、それが悪意を以《もっ》てもたらされたことを告げるように、遠ざかる笑い声が聞こえた。

「……やってくれんなぁオイ」

攻防が始まってからほぼひと月。なかなかにパンチのある攻撃を食らってしまった。

水を払いながら、とりあえずごみ袋を捨てに行く。

「わっ、君、どうしたんだ⁉」

ごみ捨て場にいた用務員が、青葉の姿を認めてぎょっと目を瞠《みは》った。なんでもありませんから、とだけ告げてその場を後にし、中庭の水飲み場へ向かう。そこで頭を洗ったものの、まだ臭くて汚れている気がする。春先に真水を浴びるのも結構厳しい。

寮の風呂は何時から入れてもらえるだろうかと嘆息し、青葉は濡《ぬ》れたまま教室へ戻って鞄《かばん》を取り、寮へと戻った。

ランドリーへ直行し、汚れた上下を脱ぎ洗濯機へ突っ込む。パンツ一枚で椅子に座って足を組み、回り続ける洗濯機を暫《しばら》く眺めていると、背後からくすくすと笑い声が聞こえてきた。

「なにあれ。きたなーい」

「ゴミくせー。着替えもないのかよ、貧乏人」

くるりと後ろを振り返ると、入口に同学年の二人が立っていた。見覚えはないが、二人の放った言葉に、バケツ水を浴びせた本人かもしくは共犯だという目星は付く。もっとも、わかりやすく敢《あ》えて言っているのだろうが。

青葉は立ち上がり、青葉を差しおいて部屋着に着替えている二人の眼前に歩み寄る。二人は少々怯《ひる》んだ様子を見せたが、証拠などないだろうとばかりに唇の端を吊り上げた。青葉もにっこりと笑いかけ、相手のハーフパンツを引き摺《ず》り下ろす。下着ごといこうかと思ったが、相手がボクサーパンツだったのでうまいこと行かず、内心舌打ちをした。

「わーっ！」

「着替えねえんだよ。お前の貸せ」

「やめろよ！」

後ろから羽交い絞めにされる寸前でハーフパンツを奪取し、ぐりんと背後の男を振り返る。相手が応戦するより早く懐に入って引き倒し、Tシャツを掴《つか》んだ。

「お前のはこれで勘弁してやらあ」

「ちょ、待て、小西……っ！」

うっせえ、と言いながら青葉はTシャツの追い剝ぎにも成功する。乳首ピンク、と揶揄《からか》ってやると、相手が泣きそうに顔を歪《ゆが》めた。

不意に陰りが差し、見上げると、ルームメイトの広瀬が微妙な表情で立っている。

「……なに強姦してんだよ、青葉」

「ちょっと不慮の事故で服駄目になったから、貸してもらおうかと思ってな」

しれっと返して、青葉は剝ぎ取った服をひらひらと揺らす。半裸になった二人は、青葉を睨み歯を剝《む》いた。

「俺らはただ、こいつがゴミくさい恰好してるって言っただけだ！」

「なんでこんなことされないといけねえんだよ！　寮長に訴えてやるからな！」

「……ゴミくさい？」

二人の言葉に、広瀬が眉を顰める。

「掃除バケツの水かぶったから、くっせえんだよ」

嘲《あざけ》る口調で言われた言葉に、広瀬が青葉を見やる。

「どれ？」

首を傾げながら、広瀬は青葉に鼻先を寄せた。くん、と匂いを嗅いで、顎《あご》を引く。

「まあ、確かに……で、なんでお前らはこんなに近づかないとわかんない『バケツの水』をかぶった匂いに気づいたわけ？」

広瀬の指摘に、二人が固まる。そして、しどろもどろになりながら「匂ったんだよ」と口にする。

「それほどでもねえよな？」

「うん、ここ来る前に水浴びたし」

歩くだけで匂うほどではないはずだ。広瀬がもう一度顔を近づけた途端、二人は逃げ出してしまった。広瀬はふっと息を吐き、肩を竦める。

「……今の、A組の岩城《いわき》と鳴子《なるこ》だったけど。どうする？　寮長と先生に言っておくか？」

「まあ、いいよ。とりあえず服は借りたし」

奪い取った服を着ながら言うと、広瀬は呆《あき》れ顔で頭を掻いた。

「お前なあ、もうちょっと穏便にことを運べよ。山賊かよ」

「だって寒かったしムカついたし」

水を浴びたものの、まだ肌がじゃりじゃりするのだ。乾き始めて来たらますます臭くなってきたような気もする。

「部屋帰って着替え取ってくりゃよかっただろ」

「だって、汚すの嫌だったしさ。風呂に入ってからちゃんと着ようと思ったんだって」

先程一応水は浴びたが、焼け石に水だった。けれど、青葉の希望に広瀬は難しい顔をして首を捻《ひね》る。

「いやー、風呂は夕飯後にしか入れないからまだ無理だろ。……どうしてもっていうなら先輩の部屋を借りるっていう最終手段があるけど……」

「先輩の？　っていっても、俺、上級生に知り合いいないしなぁ」

高等部三年生の部屋には、簡易のシャワールームが付いている。確かにそれを使わせてもらえれば有り難いが、青葉にはその伝手がない。

「それに、ここってものすごい縦社会なんだろ？　シャワー借りるってできるもんなの？」

上級生の命令は絶対だ、と広瀬に限らず、寮生は口を揃えて言っていた。実際、会釈がないくらいで説教をされる環境で、面識のない上級生にシャワーを借りるなどという真似はおいそれとできそうにない。

提案してもらって悪いと思いつつ言うと、広瀬は思案する。

「うーん……委員会の先輩に頼み込んだらなんとかなるかなぁ。ちょっと頼んでみるわ」

「え？　いいよ。悪いだろ。寮行ったら、また水でも浴びるよ」

真冬というわけでもなし、匂いさえ我慢すれば多少は平気だろう。

けれど、広瀬は「いいから」と言って、青葉の腕を引いた。青葉は目を丸くして、ふっと笑う。なんだよ、と睨まれて首を振った。

「いや、広瀬いいやつだなぁと思って。俺お前好き」

笑って言うと、広瀬は何故か少し顔を赤くした。

「風邪ひくし、くせえんだからしょうがねえだろ。あとそういうのあんま軽々しく言うなよ」

「なんで。ほんとのことだからいいだろ別に」

「よくねーよ。誤解されるし、誤解させるようなこと言うなって。……少なくともこの学校じゃそういうのはやばいんだよ」

「……はあ」

友達に好きだと言うくらいで一体どんな誤解が生じるのか。

とはいえ、連日の嫌がらせや生徒会への熱気を思い出せばなんとなく納得はできて、素直に頷いておいた。

揃って高等部三年の居住区である二階へ上がる。作りとしてはそう大差がないはずなのに空気が違うような気がした。

「ていうか、青葉大丈夫か？」

「なにが？」

「だって、普通こんな風にいじめられたら、この学校にいるの嫌になんね？」

「あー？　まあ、これくらい可愛いほうじゃん？　数が多いからうっとうしいけど、ここのやつら反撃すると急に大人しくなるし」

そんな風に笑うと、広瀬が意外そうな顔をして見つめてきた。それから、苦笑する。

「うん、まあそうだな。打たれ弱いのよ、現代っ子だから」

「正直、やり返したらエスカレートするかなーとか思ってたけど、それほどじゃないしさ。今回のバケツの水はまいったけど」

なにより全寮制では登校拒否のしようもない、と笑うと、広瀬がもっともだと笑った。

「それに、他の奴らに無視されないってのも有り難いよ。大体いじめられると孤立するもんだし。なんでかわかんねーけど、割と話しかけられるのも増えた」

「そりゃ、お前が顔に似合わずばかすかやり返すから、いじめっていうより喧嘩《けんか》みたいになってるしな。お前が早瀬《はやせ》の後頭部にわかりやすくボールをぶつけたときはちょっと笑った」

「しょうがねえだろ、俺ケンカはともかく、運動音痴だから正攻法じゃ返せないんだもん」

バスケ部に所属している早瀬は、体育でバスケの試合をしている最中に、青葉に足をかけて転ばせたり反則すれすれのファウルを仕掛けたりしてきた。頻繁《ひんぱん》にしかけてくるので、ボールを持った瞬間に早瀬の後頭部めがけて思い切りボールを投げつけてやったのだ。

その後、早瀬とはとっくみあいの喧嘩になったが、以降よく喋《しゃべ》るようになり、たまに昼食も一緒に取っている。あちらも言い返すタイプだから仲良くなったが、これは例外だ。

「でも色々対峙《たいじ》してみてわかったけど、なんか色々混ざってるよな。生徒会ファンの逆恨みみたいなのが一番多いけど、それに流されてるタイプとか、縄張り争いとか上位行動みたいに力ずくで来ようとするのもいるし」

「……まあでも、毎度うまくいくとは限らねえから……本当に困ったときは、生徒会に頼れよ」

「あー生徒会ね……正直あんまり関わりたくねえんだけど……」

そもそもの原因は、生徒会に関わったせいだ。思わず鼻の頭に皺《しわ》が寄る。

「だから、本当にやばくなったら頼れ。生徒会は学年関係なく絶対権力なんだ」

「だからこそ容易に関われないってんだろ。ま、ほんとに困ったら頼るよ多分」

同じクラスに副会長の中杉山波音がいるが、基本的には挨拶をかわす程度で仲がいいわけではない。関われば青葉の敵が増えるのが互いにわかっているからか、今のところは距離を測っている最中だ。

絶対権力ゆえにアイドル化して、関わったがゆえに青葉のような立場におかれた生徒も過去にいただろう。事前に聞いていた通り、確かに変わった校風だ。

はいはいと流すと、広瀬は軽く頭を小突いて来た。

「心こもってねえなぁ。ま、忠告は聞いておけよ」

そう言いながら、広瀬はとある一室の前で立ち止まる。

「ここ？」

「ああ。委員会の先輩なんだけど、頼んでみるから」

「——あれ？　編入生の小西青葉じゃね？」

広瀬がドアを叩こうとした瞬間、不意に声をかけられる。

「……井深《いぶか》先輩」

井深と広瀬が呼んだのは、随分と上背のある三年生だった。この学園の生徒にしては珍しく、少々軽薄な恰好をしている。

「なんだよ、なんかあったの？」

「あの、シャワー貸してもらおうと思って」

答えた青葉に、井深はがりがりと頭を掻いた。

「あ？　じゃあ俺の部屋来いよ。シャワー貸してやるからさ」

「え、いいんですか？」

それなら広瀬の手を煩《わずら》わせずに済むと、青葉はその申し出に乗っかる。けれど、広瀬は何故か乗り気ではなく、寧《むし》ろ青葉の腕を引いて止めるような仕種をした。

「なんだよ広瀬」

「いや、俺んとこの先輩も貸してくれるって。その、あれだよ。初志貫徹って大事じゃね」

「なに言ってんだよ急に……わっ」

広瀬の言葉を怪訝《けげん》に思っていると、突然井深に肩を抱き寄せられる。日本人でこの距離感は珍しいと思いつつ、あまり体が綺麗な状態ではないので距離を取った。しかしまた距離を詰められる。

「そうそう、遠慮すんなって。じゃ、行くか、小西青葉くん」

「あ、はい。よろしくお願いします。ありがとな広瀬」

肩を抱かれたまま廊下を歩き、井深の部屋と思しき部屋に案内される。ドアを閉めた瞬間、背後から突き飛ばされ、青葉は受け身も取れないまま俯《うつぶ》せに倒れた。

「い……っ」

背後でドアが閉まる気配がする。それから間もなく、上から肩を押さえつけられて、一体なにが起こっているのかわからずに目を瞬いた。

「あの……？」

「大人しくしてろって」

言いながら項《うなじ》を齧《かじ》られて、青葉は「ぎゃっ」と悲鳴を上げる。

「色気ねえなオイ。ていうか、お前くさくね？」

「俺に色気なんてあるわけないでしょうが。ていうか、今臭いからシャワー借りたかったんですけど、これってどういうことですかね？」

勘違いでなければ、押し倒されているような気がするのだ。だが、自分がそんな目に遭う理由が知れなくて、青葉は首を傾げる。

「あー、それでシャワーね。じゃあまずはお着替えしましょーねー」

「は？」

下卑《げび》た笑いを浮かべ、井深が青葉のシャツに手をかけた。

「あの」

「噂は色々聞いてるんだよね。俺お前みたいなタイプ嫌いじゃないし。なんか屈服させたくなるタイプっていうかさぁ、泣かせてみたいっていうか」

俯せに転がされたままボタンを外されて引き下ろされ、肩が剝き出しになる。中途半端に肘《ひじ》のところでひっかかり、両腕がうまく動かせない。

「たまに毛色の違ったタイプ食うとうまいんだよね」

伸し掛かってきた男に、背後からあらわになった胸元を鷲掴《わしづか》みにされる。

薄く肉のついた胸を揉《も》まれて、青葉は眉を寄せた。ぐにぐにと力を入れられると痛くて、身を捩る。肩越しに振り返ると、井深の顔がすぐ近くにあって少し驚いた。

「あのー……」

「ん？　怖がらなくていいよー、優しくしてあげるから」

「いや、そうじゃなくて」

上擦って興奮した声を出す男に、青葉ははっきりと返す。

「あの、男の胸揉んで……楽しいですか？」

同情心がたっぷりと声に含まれたせいか、眼前の井深が固まる。

余程の女日照りなのか、おっぱいの代替品としては貧弱な己の胸を揉んではあはあしている井深が本気で哀《あわ》れになった。揉むならもっと揉みがいのあるものがいそうなものだ。

「あ、でもさっきの科白、男か女かわかりませんが色んなタイプを相手にしてる、ってことが言いたかったんですかね。個人的にそういうことに関して偏見はないですけど、俺恋愛とかしたことないんで、そういう類《たぐい》の食指がいまいちよくわかんないっていうか」

偏見がないというよりは、青葉の恋愛対象は男なのだが、こんな風にされても嬉しくないし、今取るべき適切な態度がよくわからない。

正直なところ、目の前の男がゲイにも見えなければ、勿論自分に恋愛感情を抱いているようにも見えないのだ。ならば、性欲を覚えたということなのか。しかし自分にそんな欲求を掻きたてるセクシーさがあるとも思えない。

「……先輩、俺で勃起《ぼっき》できるんですか？」

あけすけに問うと、井深の手が止まった。

「……お前不思議ちゃんか。萎《な》えるからやめろ」

「男の胸揉んではあはあしてた先輩に言われたくないんすけど」

「――てめえふざけてんのかぶち犯すぞ！」

言わなくてもしようとしていたのでは、という指摘は更に怒りを煽りそうだったので黙っていた。

けれど、ぜってぇ犯す、と言いながらハーフパンツを乱暴に脱がされて、ようやく青葉も焦る。

――流石にこれはまずいな。本当に犯される。かもしれない。

あまり焦りが顔に出ず、それが余計に井深の嗜虐心《しぎゃくしん》に火を点けたらしい。今度は仰向けに体を返され、下着の上から股間《こかん》を摑まれて息を飲む。

「泣いたってやめてやらねえからな。覚悟し――」

「――おーい、入るぞ」

がちゃ、と突然開いたドアに、青葉と井深は揃って固まる。

「……なにしてんだお前ら」

蛍光灯を抱えた闖入者《ちんにゅうしゃ》は、二人の姿にもっともな指摘をする。

「瀬尾《せお》、な、なんでここに」

入ってきたのは、寮長を務める三年生だった。どこかで聞いた覚えのある声だと思ったのは、入寮のときに暫《しばら》く話をした相手だったからだ。

「なんでって、蛍光灯が切れたんだろ？　水田《みずた》が言ってたって聞いて、だから持ってきたんだけど……お前こそなにしてんだ？　水田は？」

不穏な空気と青葉のあられもない姿で状況を把握したのか、瀬尾が険しい表情で問う。

井深が瀬尾に気を取られている隙に、青葉は思い切り足を振り上げた。

「お……っ」

運悪く股間に命中し、不意を衝かれた井深はそのまま転倒した。青葉は転がるように脱出すると、入口に向かって走る。

「小西、おい大丈夫なのか!?」

すれ違いざま問われて、青葉は「平気です」と返した。それなのに瀬尾は、一体どこまでなにをされたのかと、顔を真っ青にしている。

ちゃんと話さなければと思うのに、青葉はただひたすら廊下を走り、うっかり階下に駆け下りてしまった。自室に戻って、広瀬に会わなければと思いながら、青葉は寮から飛び出す。

Tシャツが大きめだったおかげで、裾で下着まではなんとか隠れるが、それでも間の抜けた恰好なのは確かで、隠れるように生垣を走った。

すぐに息が切れて、青葉は渡り廊下と並列する生垣の中に身を隠した。

――……なんで下に逃げたんだろ俺。ていうか、なんで外に出たんだよー……もー……。

Tシャツ一枚とパンツ一枚で一体なにをしているのか。深々と息を吐き、膝に顔を埋めた。

自分で思っていたよりも恐慌状態に陥っていたらしい。とにかくひたすら、あの場所から逃げたくなってしまったのだ。

――この恰好で戻るのかよ……寮にいっぱい人がいたらどうしよ。管理人さんにも見られたかな。こんな姿で走って外でるとか頭おかしいやつみたいじゃん俺。うわー帰りたくねえ。

広瀬が着替えを持ってきて、ひっそり隠れている青葉見つけてはくれまいかと思ったが、そんな都合のいい話があるわけない。

ああ一体どうしたら、と膝を抱え、不意に広瀬にかけられた言葉を思い出す。

『本当に困ったときは、生徒会に頼れよ』

――そうだ。生徒会。

後々考えれば完全に頭が混乱していたとしか思えないのだが、「困ったときは、生徒会」というフレーズだけが頭に残っていた青葉は立ち上がった。

そもそもの元凶ではあるが、今一番、青葉に対して敵愾心《てきがいしん》を抱く人物が少ない場所ともいえるだろう。青竜寮は味方もいるが敵も多い。そして、井深のような生徒会関連ではない第三勢力がいないとも限らない。

「もとはと言えばあっちにも原因があるんだし、ってごり押しすりゃ暫く匿《かくま》ってもらえるかもしれないいな。うん、生徒会室行こう」

そう算段し、青葉は四つの寮に囲まれた黄麟寮を目指す。

「……なにこれ」

慎重に歩みを進め、青竜寮から伸びた渡り廊下と連結したドアに手をかけたが、無情にも施錠されていた。

「嘘、マジかよ」

あまり動かせばヤキュリティシステムが作動するかもしれない。そんな不安を覚えて強引には開けられない。

けれど、このままここに長居をすれば、確実に見つかる。

——俺完全に不審者じゃん。やばい。どこか、開いてるところねえのかな?

壁を伝うようにそろそろと動きながら、他三寮と繋《つな》がるドアも確かめて見たが、どこも一様に締まっている。どうやらオートロックになっているようだ。正面玄関を避け、再び裏へと回る。

どうしたものかと思いながらそれでも窓を覗《のぞ》き込んでいると、一階のトイレの窓が開いていた。

「……なんか泥棒っぽいけど……しかたない」

失礼しまーす、と誰に言うわけでもなく呟《つぶや》き、青葉はトイレの窓を開けて乗り込んだ。

古い建物だとは聞いていたが、トイレは青竜寮のものより随分と新しい。ついでにとばかりに個室を覗いたら、すべてウォシュレット付きとなっていた。

設備が充実しているなと感心しつつ、ドアを開けて廊下に出る。

「……なんじゃこりゃ」

眼前に広がる光景に、青葉は目を瞬かせた。

白金学園は、そもそも学費も高い。寮も決して安いとは言えない料金で提供されているだけあり、設備は学生寮としては十分すぎると入寮時から思っていた。

けれど、黄麟寮はまさに特権階級といったところか、グレードがまるで違う。高級ホテルだと言われても納得してしまう内装だった。

廊下も一般の寮のようなリノリウムの床ではなく、絨毯《じゅうたん》が敷き詰められているし、調度品も豪華だ。壁には額に入った絵が飾られており、一体なんの必要があるのかわからない高級そうな壺なども置いてある。

「い、意味がわからん……」

学生寮ってなんだっけ、と価値観を揺らがせながら、青葉はよろよろとした足取りで探索する。

限られた生徒しか入れない寮だからか、青竜寮と比べて随分静かだ。

正面玄関のほうには、恐らく一般寮と同じで管理人室があるはずなので、管理人に気づかれないように慎重に歩く。

――で、どうするかな。多分、各階の学年の配置は一緒なんだよな。……でも、執行部に知り合いはいないし、部屋もわかんないし……。

どうしたものかと思案して、手っ取り早く生徒会室を探す。

室名札に生徒会室と書かれた部屋はすぐに見つかった。中央に位置している曲線を描いていた壁の中が生徒会室だったのだ。

一体なんの部屋だと質したくなるような重厚なドアをノックする。返事はない。本来ならば応答を待つべきだったが、所在を失くしていた青葉は、恐る恐るドアを開けた。

「失礼しまー……って、なんだよここ」

生徒会室には誰の姿もなかった。けれど、一番驚いたのはそこではない。青葉は思わず一旦退室して室名札を確認した。

——生徒会室？　なの？　ここが？

執務室にしても豪華すぎる内装の部屋だ。壁紙も、カーテンも窓枠も、年季の入った調度品も豪華だ。床には廊下よりも毛足の長い絨毯が敷かれている。

金持ちの金の使い方はよくわからん、と思いつつ、足を踏み入れる。

生徒会室には、やはり誰もいなかった。安堵《あんど》したものの、困ったのも本当だ。

——……毎日ここにいるわけじゃないってことか？　でも、ここって上が寮なんだよな？　上行ったら会える？

頼りにしてきたというのに、当てが外れてしまった。かといって、ここから出てまた青竜寮に戻る勇気もない。

「さむ……」

不意に出たくしゃみに鼻を擦って、息を吐く。いくら春とはいえ、やはり下を穿《は》いていない状態で外に居続けたのはよくなかったかもしれない。

どうしようかと逡巡《しゅんじゅん》して、青葉はひとまず生徒会室の隅に移動し、膝を抱えた。毛足の長い絨毯は暖かく、ほっとする。もしかしたら、常に暖房が効いているのか床があたたかかった。

しかも絨毯は定期的に変えているようで、やけにふかふかとしていい匂いもする。

――やばい、なんか眠くなってきた……。

われながら神経が太い、と思いながらも、瞼《まぶた》が重くなるのを止められない。

どれくらいそうしていたのか、うつらうつらと睡魔と闘っていると、ドアの向こうから数人の声が聞こえてきた。

――やべ……っ。

このまま身を隠すべきか、それとも留守中に入室したことをまず詫《わ》びて、助けを求めるべきか。

混乱していたせいか、無意味に立ち上がってうろうろしてしまう。

身の振り方を迷っているうちに、無情にも生徒会室のドアは開いた。それも、青葉の立っていた真横のドアだ。

青葉は息を飲んで固まったが、丁度死角となる場所であったらしく、ぞろぞろと入ってきた生徒会の面々は青葉の存在にはまだ気が付いていないらしい。青葉は咄嗟《とっさ》にその場にしゃがみこんだ。

先頭に立っているのは、生徒会長の定禅寺尊だ。相変わらず眉目秀麗という言葉を体現したような男である。

あの、と声をかけようと口を開いた瞬間、尊は中央に配置された大きなデスクにわっと突っ伏した。失神でもしたのかとぎょっとしていると、尊の後ろに控えていた経ヶ峯がちっと盛大な舌打ちをする。

「駄々を捏《こ》ねるな。立て」

「――俺もう無理！　できないしやりたくないよー！」

うわあん、と情けない声を出した男に、青葉はしばし固まる。

――……誰これ？

尊は、普段取り澄ました貴公子然とした顔をなんの躊躇《ためら》いもなくくしゃくしゃにして、頭を振る。

けれど、他の面子はそんな尊を見て、驚きも呆れもせず、まったく気にした様子もない。まるでそれが日常的な様子だとばかりに、のんびりとしている。

「大丈夫だ。お前が思ってるよりはできているし、どうにかなっている。子供の頃から、変わらず上手く猫被れてるぞ」

「嘘だ……！　誤魔化されないよ！　今日だって、なんなの!?　なんであんなに食って掛かってくんの!?　怖いんだけどー！」

「そりゃあ、予算がかかってるからな」

「予算が低いのは俺のせいじゃないってばー！　恨むなら実績残さなかった自分の先輩を恨んだらいいんだよ！」

ひーん、と情けない声を上げて、青葉がじたばたと子供のように手足を動かす。

「尊。乱心するのはいいけどもう少し声量落とせ」

副会長と会計に宥《なだ》められて、尊はやだやだ、と首を振る。

「これ来週もやるんでしょ⁉　ねえ、今年の映像部の部長と情報処理部の部長怖くない⁉　俺もうやだ！」

「ここでならいくらでも叫んで結構だがな、この面子の前以外で、もしくは生徒会室から一歩でも出てその科白を吐いたら叩きのめすからな」

ごき、と手指を鳴らした経ヶ峯に、尊がひっと体を竦《すく》ませる。

「経ヶ峯……もうちょっと俺に優しくしてよおお！」

「俺は優しいだろ。こんなクソヘタレたお前の地が出ないようにサポートしてやってんだからな」

「うええん、花京院助けてぇ」

尊が縋《すが》ると、長身の経ヶ峯よりも更に大柄な花京院が、尊をハグしたままずるずると一番奥の席へと運搬する。

「大丈夫だよ、経ヶ峯先輩。尊先輩の演技力だけはほんと凄《すげ》いもん。先生たちもだーれも気づかないし」

「いっそ自己暗示でもかけて一生そのままでいてくれればな」

目の前で繰り広げられる光景に、青葉はぽかんとその場に立ち尽くした。

——なにこれ、白昼夢？

現実逃避をしようとするも、失敗に終わる。

会話の流れから察するに、どうやらこちらのほうが尊の地らしい。そしてそれは、今ここにいる面子以外では、生徒も教師も、知らぬ事実のようだ。

——ということは、俺が今ここにいるのって……。

どちらにとっても大変まずい事態なのではないだろうか、ということを遅ればせながら察する。

今ならまだ気づかれていない。どうにかして気づかれないうちに退室するのが得策だ。

そう思いつつ腰を浮かしかけた瞬間、花京院に抱き付きながら、唯一こちら側に顔を向けていた尊とばっちり目が合ってしまった。

——あ。

切れ長の綺麗な瞳が、驚愕《きょうがく》に丸くなる。

——や……やべえ、よな。これ。

どうか黙っていてください、と思念を送るよりも早く、その表情に気が付いた面々ががばっと勢いよくこちらを振り向いた。

「——!」

反射的に逃げた青葉の行く手を阻《はば》むように、副会長の波音がドアの前に立つ。

あ、と声を上げる間もなく、青葉は三人の生徒に囲まれた。

四面楚歌の状態に硬直している青葉の前に、ゆらりと三年の副会長である経ヶ峯が立ちはだかる。片手でゴキリと手の関節を鳴らし、経ヶ峯は青葉を睥睨《へいげい》した。

「……なにも見ていないな?」

地を這《は》うような低音に、肌がびりびりとする。はい、と答える以外に青葉の取る道はない。

経ヶ峯に気圧《けお》されながら、青葉は必死に頷く——が、無論、そんなことで誤魔化せるはずがなかったのだった。

漏《も》らしてしまいそうなくらいに恐ろしく、身が竦んだ。今年で十七歳になるというのに、失禁など絶対に御免だ。

なんとかこの場から逃げ出そうと反射的に逃げた青葉を咎めるように、テーブルが叩かれる。

「ひ……っ」

「貴様はなにも見なかった。……そうだな？」

凄まれて、はい、と返した声が裏返った。眼前の人物の眉が寄せられる。青葉は再びはっきりと頷いた。

「は、はい。なにも見てませ――」

「嘘をつくな！」

言い終わるより先に発せられた鼓膜が割れるような怒声に、青葉は目を潤ませる。

自分では整えられない呼吸を持て余しながら、青葉は己の通う学園の生徒会室で竦み上った。

――じ、じいちゃんの嘘つき……！　なにが素晴らしき学び舎だよ！　なにがいいの出会いだよ！

仁王像のような険しい顔をして立つ男の後ろに、事の発端となった男を認めて青葉は唇を噛む。

理不尽な叱責に涙目になりつつ震えていると、今までおろおろと立ち往生していた尊が恐る恐るといった態で腰を上げた。

「経ヶ峯！　……あんまり脅《おど》さないでやって」

尊が窘めると、経ヶ峯は小さく舌打ちをして青葉から距離を取る。ふっと引いた威圧感に、青葉はへなへなとしゃがみこんだ。

――ちくしょ、なんで俺がこんな目に……。

今日は厄日だ。もしかしたら、この高校に入学してから一度もいいことなんてなかったかもしれないが、今日は最たる不幸な日だ。

――じいちゃんと父さんの嘘つき。

とんでもない学校じゃないか、と心の中で父と大伯父へ八つ当たりする。

半泣きになっている青葉の前に、ふっと影が差した。顔を上げた先には、尊が不安げな表情を作り、青葉を覗き込むようにして立っている。

涙は出ていなかったが、尊はハンカチを差し出してくれた。そこに彼には不似合いなうさぎの刺繍《ししゅう》がしてあって、青葉は目を瞬く。

ハンカチを受け取らない青葉に、尊は手を差し伸べてきた。

――あ、なんかデジャブ。

以前と似たようなシチュエーションに見舞われながら、迂闊《うかつ》に行動して衆目に睨まれたのを思い出し、その手を取るのを躊躇する。けれど尊はにっこりと笑って、青葉の手を引いて立たせた。

　思ったよりも力強く、けれど労わるように触れるその手にほっとする。つい縋るように触れた青葉の手を、尊は振り払いもせずに握り返してくれた。

「大丈夫？　青葉」

「あれ？　会長、俺の名前……」

「勿論覚えてるよ。この間、俺の前で転んだ子だよね？」

　初対面のときよりも気さくで、少し甘えるような声音だ。それでも相変わらずの美声に、聞き惚《ほ》れてしまいそうになる。

　何度か挨拶をしてはいたものの、まさかちゃんと名前を覚えてくれているとは思わなかった。驚きながらも必死に頷く。

「へー珍しい」

　にょきっと顔を出したのは波音で、尊は彼の登場に大袈裟なくらいに体を強張《こわば》らせた。

「尊先輩、結構顔と名前覚えるの苦手なのにねー。だからいっつも経ヶ峯先輩がフォローしてるのに」

　波音の追及に、尊は両手を挙げて苦笑する。

「いや、だって青葉は結構インパクトあったから。それに、編入生って珍しいし」

そういうことかと、青葉も合点が行く。どういう理由であれ、名前を憶えていてもらったというのはなんとなく嬉しい。

「ね、経ヶ峯？」

尊に話題を振られ、いつの間にか尊の傍らに立っていた経ヶ峯が、大きく咳払《せきばら》いをした。

「――小西青葉、十六歳。今年度から二年に編入してきた生徒だ。出身地は東京のようだが、十歳の頃からつい最近まで、アメリカ合衆国で家族と共に暮らしていたとのこと。親類縁者にOBが多く、大伯父は現代アートで有名な小西圭一《けいいち》」

「へえ……ほんとに有名人じゃん！」

声を上げたのは、波音だ。知っているのかと目で問うと、波音は勿論だと笑った。

「人気ブランドのデザイナーとかやってる小西圭一でしょ？　男子高校生の間での知名度はわかんないけど、日本では女性だと結構知ってるんじゃないの？　ねえねえ、やっぱ見本品とかもらったりすんの？」

「いや、わかんね。俺じいちゃんの仕事はあんまり詳しくないから」

正直なところ、日本での大伯父の知名度はそれほど高いと思っていなかったので、波音の返答には少し驚いてしまう。

まだ話を続けようとした波音の言葉が、経ヶ峯の咳払いによって阻まれた。

「身長百六十五センチ、体重五十二キロ。血液型はO型。編入試験の成績は三教科三百点中二百九十八点。今年度より高等部二年B組、東方青竜寮所属。同室は二年D組広瀬幹也《みきや》。アメリカでは一応大学も出ているようですね。十一歳のころ医療用のプログラムを作ったということで、ちょっとしたニュースにもなった。……ここまででなにか間違いは？」

唐突に話を振られ、青葉は黙り込む。

確かに誤認はないが、入学時に言わなかったことまでが把握されていると、少々気味が悪い。けれどそんな青葉の気持ちは百も承知なのか、まったく悪びれる様子も見せずに、経ヶ峯は手元の資料を閉じた。

「――で？　その青竜寮所属の君が、何故ここにいる？　ここは生徒会執行部員、及び役員以外の立ち入りは許可されていない黄麟寮の敷地内だぞ」

学校内の設備に生徒が入ったところで問題があるとは思えないが、経ヶ峯はまるで不法侵入だとでも言いたげだ。

「俺は、その――」

「それに、その恰好は？」

言い訳をするより先に、くしゃみをしてしまう。

廊下にいるよりは温かいといえども、半裸の状態では肌寒い。青葉自身が思っていたよりも、随分と体温が奪われていたようだ。

その様子に、尊が上着を脱いで青葉の腰に当ててくれる。

「いや、あの、いいです！　汚れるし」

「いいから腰に巻いときな。ね？　脚すごい寒そうだから」

そう優しく言われれば無下に断ることもできなくて、青葉はお言葉に甘えて上着を借りることにする。

袖の部分を使って腰に巻いていると、仕切り直しをするように「……でさ」と尊が口を開く。はい、と見上げると、尊はぱっと視線を逸《そ》らしてしまった。

「えっと、経ヶ峯も言ってたけど……どうしたの、その恰好。脚もなんかすり傷だらけだし、さっきから実はずっと気になってて」

「え、あ」

指摘されて、初めてすり傷だらけだったことに気づく。生垣や茂《しげ》みを抜けるようにしてきたからだろうか。逃げるのに必死でそれどころではなかった。

「生垣んとこ走ったから傷ついたみたいです」

「な、なんでそんなかっこで?」

「こんな恰好なのは、えーとそもそも掃除のバケツの水が空から降ってきたことに始まりまして」

青葉の言葉に、尊がぎょっとする。その他の面子は、合点がいった様子で顎を引いた。

「あーそうそう、この間うっかり尊先輩が手貸したから、今思いっきりいじめられてるんだよな」

青葉の状況をけろっと口にしたのは波音で、穏やかな空気に思い切り罅《ひび》が入る。

「え、そ、そうなの？」

名指しで諸悪の根源だと言われた尊は、顔色をなくして青葉を見つめてくる。どうやら、青葉が「抜け駆け」で嫌がらせをされていることを知らなかったようだ。

「そうでしょ。ただでさえ編入生なんて目立ちまくりだし。なに、ついに貞操まで奪われちゃった？」

「大丈夫。まだ奪われてねーけど、脱がされて項噛まれて胸揉まれてちんこ摑まれた」

「それ全然大丈夫じゃないよ！」

へえ、と笑った波音とは対照的に、尊が悲鳴じみた声を上げる。

「え、え、なんでそうなったの？　平気なの？　平気じゃないよね？　え、あれ、お、俺のせいなんだっけ？」

おろおろとし出した尊に、青葉も返答に困ってしまう。いじめのようなものが始まった遠因は確かに生徒会や尊なのだが、バケツの水はともかく、井深はあまりそれとは関わっていないような気もするのだ。

「いや、先輩とは関係ないんで」

大丈夫です、と掌を向けると、尊に両手でがっと摑まれた。

「関係あるでしょ！　あの、俺に任せて！　責任取って、青葉を助けるから！」

ずいと迫ってきた綺麗な男の一生懸命な様子に、途端に落ち着かなくなる。そわそわする自身を怪訝に思いつつ、手を解こうと思ったが尊は離してくれない。仕方がないと、青葉は彼に向き直った。

「――いえ、結構です」

「ほあ!?」

瞬時に拒絶した青葉に、尊が間の抜けた声を上げる。手から一瞬力が抜けたが、すぐにまた握りしめられる。

「ど、どうしてっ!?」

「あったりまえでしょ。あなたには関係ない」

青葉の言葉に、尊が赤面する。それからしゅんと肩を落として、身の置き所がなさそうに視線を逸らした。

　その姿にこれ以上ない罪悪感を覚えて、青葉は言い直す言葉を探す。

「あの、失礼な言い方してごめんなさい。そうじゃなくて、その、会長のせいばかりじゃないから気にしないでくださいってことが言いたくて」

「でも」

「それに、会長にフォローなんてされたら攻撃がエスカレートしかねないし、会長がいるうちはいいですけど、卒業したあとどうするんですか」

　それは、と言い淀んで尊が萎《しお》れた。その様子に、何故殆ど言葉も交わしたことがない自分にこんな風に一生懸命になるのだろうと首を傾げた。

「でも、今のままじゃよくないよ！」

「――よくないのはこちらの状況も同じだ」

　そして再び割って入った経ヶ峯に、皆の視線が集中する。厳《いか》つい顔を更に顰めて、経ヶ峯は青葉を睥睨した。

　そうして、尊の頭を鷲摑みにする。

「いた、痛いっ！　経ヶ峯痛い！」

「痛めつけているんだから、痛くないと困る。――この男の『素』が、実は残念極まりないヘタレだとここにいる面子以外にばれたのも、こちらにとっても大問題だ」

「ヘタレ……」

確かに、広瀬たちから聞いていた「会長像」と尊の挙動はイメージが違う。

初対面のときも取り澄ました貴公子然としたキャラクターだった彼が、「俺もう無理！」と突っ伏して駄々をこねるのは少々意外性があった。

ただ、まだ知り合って日が浅いせいか、それほどガッカリもしなかったというのが正直なところだ。

そんなに悲嘆にくれる話だろうかと思っていると、経ヶ峯は更に睨みを利かせてきた。

「まあ、秘密を知られてしまった以上、黙ってここから返すわけにはいかない。そして、君もこのままでは帰れない。ある意味利害が一致したということだな」

尊の頭をぽいと投げて、経ヶ峯は仁王立ちになる。存外不穏な科白が出てきて、流石に青葉も眉を顰める。

「……だったら俺を処分しますか？」

「そんな横暴まかり通るはずがないだろうが」

そう言いながらも、「やれるもんならやりたいけどな」と経ヶ峯が嘯《うそぶ》く。

「尊、お前もなんとか言え」

「え？　ええと……」

視線が投げられてびくりとする。

「……青葉は、甘いものは好き？」

「は？」

会話の流れがおかしくないかと思いつつも、青葉は「好きです」と返す。尊はぱっと表情を明るくし、机の引き出しを開けた。

一体なにごとかと目を瞬いていると、尊は机から出したと思しき飴《あめ》やチョコレートを掌に大量に乗せて、青葉の前に立つ。

ずいと差し出されたので思わず手を前に出すと、そこにばらばらとお菓子が落ちてきた。

「あげる」

「あ、ありがとうございます……？」

ものすごく無邪気な顔で笑う尊に面食らいながら、青葉はなんとか礼を言った。

こういうちょっと間の抜けた性格だということを、恐らく殆どの者が知らないのだろう。かっこいいとは言えないし、皆が崇《あが》め奉《たてまつ》る「会長様」としては相応しくないのだろうが、青葉は結構目の前の尊が可愛らしく見えてきた。

しかし、いくらなんでも空気を読まなさすぎではないだろうかと経ヶ峯をうかがうと、案の定彼は青筋を立ててこちらを睨んでいる。

「……だから、お前はそのお花畑な頭をなんとかしろ！」

机を叩いた経ヶ峯に、尊はびくりと肩を竦ませた。生徒会の他の面々はこの間の抜けたやり取りになれているのか、青葉の手からお菓子をひょいひょいと取っていく。

「いいじゃないか、別に。だっておなか減ってるし疲れてるかなって思って……お近づきのしるしってことで。それに、経ヶ峯は顔が怖いんだから、そんな風に頭ごなしに言ったら怯えさせるだろ」

尊は憤慨する経ヶ峯におどおどとしながらも、そんな反論を口にした。ねえ？と言いつつ、尊が青葉の頭を撫でてくる。

自分が子ども扱いをされているのか、それとも尊の思考回路が幼いのかわからないが、思いのほかその指の感触は悪くない。近づくと、やはりいい匂いもするのだ。

「そのお近づきの挨拶は、今、ここで、やらないと、いけないのか!?言ってみろ！」

噛んで含めるように区切りながら怒鳴りつけられて、尊はひっと首を竦めた。

ぷるぷるとしながらも、尊は青葉を庇《かば》うようにして立つ。

「そんな、怒らないであげてよ……」

いや、怒られてるのは俺じゃなくてほぼあなたなんですけど、と思いつつ、青葉は口を

噤んだ。油断したら、青筋を立てる経ヶ峯の前でうっかりと吹き出してしまいそうだった。

経ヶ峯は睨みを利かせながら、ふっと息を吐く。

「……まあ、こういうわけだ」

どういうわけですかね、と視線だけで問う青葉に、経ヶ峯が舌打ちする。

「お前も寮内や校内で尊の姿を見かけているだろう。……この男の本質がこうだとばれたら、色々と問題が生じる。俺たちの将来的にも、色々関わってくる話でもあるんだ」

「将来って？」

突然大きな話になり、思わずそう訊ねると、ここまで話しておいて「お前には関係ない」と一蹴された。そこまでは踏み込むなと牽制《けんせい》され、青葉は眉を顰める。

「ともかく、このことは口外しないでもらいたい」

「ひ、引っ張るなよ、経ヶ峯ぇ」

襟を摑まれて引き寄せられた尊が、小さく悲鳴を上げる。

貴公子然としていた姿は容姿も相俟《あいま》って完璧であったが、やはりこれはこれで可愛いような気もする。だが、確かに今まで抱いていたイメージとは大きく違っていた。

話し方も、普段はこんなにふにゃふにゃしていないし、声ももう少し低いような気がする。「完全無欠の生徒会長」というのを売りにしているのであれば、確かにマイナスイメージかもしれない。

「でもこの会長はこの会長でいいような……」

そう言いかけた瞬間、尊はぱっと笑顔になり、経ヶ峯は般若《はんにゃ》のような顔になった。その禍々しいオーラに青葉は背筋を正した。

「ぜ、絶対言いません」

「経ヶ峯先輩、案外顔芸するよね」

うけるー、と空気も読まずに笑った波音に、経ヶ峯からは更なる暗雲が立ち込めた。

おろおろとしていると、尊が近づいてきて、あのね、と首を傾げる。

「えっと、俺がこういう性格だって知ってるのは、ここにいる面子だけなんだ。知っているっていうか、俺が唯一、自分を出してもいい場所を作ってくれてるっていうか」

曰く、今この場にいる面々は全員、幼馴染《おさななじ》みであるという。

尊は、定禅寺グループの跡取りであり、小さなころから様々な教育を受けさせられてきた。侮《あなど》られぬよう、隙を見せぬよう、鍛錬《たんれん》を積んできたが、根本的な性格はそう変わらない。親にすら弱音を吐けなかった尊が唯一安らげ、弱みを見せられるのが、幼馴染みたちのいる場所だということだったのだ。けれど、築き上げてきたものを今更親の前ですら壊せない。

弱点は尊の将来を、ひいては尊が背負うものすべてを脅《おびや》かすことになる。

「必要とされるのも、支持されてるのもそういう『俺』で、今もし俺の実態がバレたら学校の皆も、家族も、会社の人も、きっと俺から離れてく」

「いずれこいつの会社に入るつもりだったのに、今更後継者から外されたら俺の人生設計も台無しだからな」

「――と、ツンデレが申しております」

経ヶ峯の弁に茶々を入れたのはやはり波音で、先程までの尊と同じく頭を締められそうになりつつもするりと避けた。

「まあ、俺たちも似たような境遇だしね」

「……それに、こいつは性格以外には本当に隙がないからな」

褒めているのかけなしているのかわからない評価をした経ヶ峯に、尊は嬉しそうな顔をする。経ヶ峯の言葉は尊の安らぎがそこにあることの証明なのだろう。

青葉の住む世界とは違う世界の話で、苦労も完全にわかってやることはできないけれど、尊を悲しませるつもりは毛頭ない。

「大丈夫です。俺言いませんから」

「青葉……！」

　ありがとう、と涙ぐむ尊が青葉の手を取ろうとした瞬間、経ヶ峯がばしりとそれを叩き落とした。

「信用できるか」

「きょ、経ヶ峯!?　なにするんだよ！」

「うるさい黙れ。おい、小西青葉」

　睨みつけられて、青葉はむっとする。

「言いませんよ。別に。言う相手もいませんし」

「残念だが、その言葉を信用できるに足る情報がなにもないもんでね」

「……じゃあ、どうすりゃいいっていうんですか。血判でも押します？」

　心配なのはわかるが、先程からこの男は色々と失礼なのではないだろうか。青葉が言い返すと、経ヶ峯は「それも悪くない」と鼻で笑った。

「お前の弱味を握るっていう方法もあるけどな」

「経ヶ峯！」

　尊から飛んだ叱責に、経ヶ峯は肩を竦める。

「冗談だよ。……それか、一番簡単なのはわりないい仲になるってことだけど」

「わりない？」

少々馴染みのない日本語に、青葉は首を傾げる。どういうことかとうかがおうと視線を投げた先では、何故か尊が盛大に照れていた。頰を紅潮させている男を訝《いぶか》しむ。

どうせろくな意味ではないのだろうと経ヶ峯とばちばちと睨みあっていると、波音があのさあと割って入った。

「それなら、ちょっと言い方悪いけど監視を付けるっていうのは？」

「監視？」

「俺、青竜寮で今一人で部屋使ってるんだよね。だから、一緒の部屋になるってのはどうかな。広瀬が一人になったところは、三人押し込んでる部屋あるから、そっちの一人移動させる感じで」

波音の提案に、経ヶ峯は異論がないようで、黙って首肯する。

「じゃあ、寮長と管理人さんに言っておく。……突然だけど、青葉もそれでいい？」

「俺はなんでもいい……というか、この場から解放されるなら助かる」

広瀬と離れるのは少々残念だったが、ひとまず経ヶ峯の糾弾《きゅうだん》から逃れられたのが素直に有り難い。礼を言った青葉に、波音はにっこりと笑った。

じゃあついでに、と尊が挙手をする。

「青葉には生徒会の準役員になってもらう、というのはどうだろうか。それなら会長である俺の権限ですぐになれるし、放課後も問題なく一緒にいられる。嫌がらせもそれなりに回避できるんじゃないかな」

「準役員？」

また聞きなれない単語が出てきて、青葉は鸚鵡《おうむ》返しに問う。うん、と尊がこっくりとうなずいた。喋り方だけではなく、身振りも少し幼くなった尊に、何故か青葉はきゅんとしてしまう。

「基本的に準役員っていうのは、『特例で執行部員・役員と同じ権限を与えられた生徒』のことを指すんだ。とはいってもあまり使われることはないんだけど、例えば執行部員や役員が留学等で欠員した場合の補填に施行されるのが一般的かな」

執行部員というのが、所謂《いわゆる》生徒の代表として選出される、会長、副会長、会計、書記、事務局員のことで、役員というのが各委員会の委員長、及び運動部長、文化部長、応援団長などの各トップを指す。

準役員というのは、本来そのどこにも所属していない生徒を交えるときの措置ということだ。会長権限で、選挙をせずにいずれ執行部の事務局員として採用できるシステム、ということらしい。

「うちの学園の場合は、波音みたいな例外もいるけど執行部員になると自動的に黄麟寮生になるとか色々面倒な手順を踏むから、年度終わりまで準役員として今まで通りの場所にいて、年度替わりにちゃんと役員になってお引越ししたりとかってやるんだけど」

「『執行部員になると自動的に』ってことは、役員は黄麟寮じゃなくてもいいんですか？」

「うん。役員ってつまりは部活とか委員会の元締めだから、一般生徒に交じったほうが仕事しやすいって例もあるし。そういう人たちにはここの鍵だけ預けてる」

その他、生徒会執行部と役員、寮長は特例で携帯電話の所持を認められているようで、トップ同士のやりとり自体はそう難しいものではないとのことだった。

あとで青葉にもあげるね、と言われるが、普段出番のないものを常に携帯していられるか自信がない。

「そうそう。それより、すぐに黄麟寮に来てもらうことも可能だけど、どうする？」

「駄目だ」

青葉が考える隙もなく、尊の提案は経ヶ峯によって却下される。何事か反論しようとした尊だったが、経ヶ峯に睨まれて大人しく口を噤んだ。

「でも、俺のせいで危険な目にあってるんだろ。だったら」

「駄目だと言っているだろうが」

「一応俺と同室って案が出たんだからそれで妥協しといてよ尊先輩。その案は、青葉がまたいらない顰蹙《ひんしゅく》買う可能性が高いからやめておいたほうがいいと思うけど」

　波音の科白に同調するように、花京院と鷹新道も頷く。尊は多数の反対にあい、しぶしぶ引いた。

「……ということで、どうですか？　経ヶ峯先輩」

「まあ、それでいいんじゃないのか。波音には面倒をかけるが」

　尊の言葉に、経ヶ峯はまるで興味がないと言った様子で視線を外す。いちいち言い方が引っかかるが、とにかく方向性が決まったということでほっとした。

「ところで」

　話がひと段落ついたところで、青葉が挙手をする。視線が一気に向けられて、青葉は頭を掻いた。

「……シャワー、貸してくれません？」


　尊と経ヶ峯の仕事は早く、その日の夕方には、各寮および校舎内の掲示板に青葉が生徒会執行部準役員への辞令が記された紙が貼り出された。

準役員としての職務の説明を受けている間に寮長や管理人には話が通っており、黄麟寮で夕食をとったあと波音と鷹新道とともに元の部屋へ向かうと既に荷物がまとめてあった。

「……青葉？」

荷物を手に取ると、ベッドにいたらしい広瀬が顔を出す。波音の姿を目に止めて、広瀬は一瞬目を瞠った。そういえば波音に傾倒しているんだったなと思い出す。

広瀬は咳払いをして、改めて青葉に視線を移した。

「青葉、大丈夫だったのか？」

「うん、まあなんとかね。あんとき、寮長呼びにいってくれたの広瀬だろ？　あと荷物も……ありがとな」

上級生の言うことは絶対だと教えてくれたのは広瀬だ。表立って助けることが叶わないことを知っていたから、寮長を間接的に呼んでくれたのだろう。寮長もそれをわかっているのか、「広瀬に呼ばれた」とは言わなかった。

「俺は別に……あのあとジャージ持って探したんだけど見つかんなくて。お前どこに」

言いさして、広瀬は背後の二人を気にする。

「お前が生徒会頼れって言ってくれたからさ」

「そうか。ていうか……部屋、移るんだって？　突然準役員になるって……なにがあったんだよ、一体？」

「まあ、それは話が長くなるから。その、なりゆきってやつで。……短い間だったけど、色々と世話んなった。ありがとな」

「退寮するわけじゃないんだからさー。気軽に遊びに来てよ、広瀬も」

別れのあいさつに、波音が入ってくる。広瀬はぽんと腕を触られて、顔を真っ赤にしていた。もはや青葉のことなど意識の外のようだ。

「じゃあな……って、おい、聞いてる？　広瀬」

「うん……じゃあな」

「おい……」

絶対聞こえていないだろうと思われる赤面した広瀬に別れを告げ、三人で二階の角部屋に位置する波音の部屋へと移動する。鷹新道は荷物を運ぶのも手伝ってくれた。

きょろきょろと部屋を見回していると、波音が椅子の上に胡坐《あぐら》をかきながら首を傾げる。

「なに？」

もしかしたら波音のための特別室なのではないかと思っていたが、作りは今まで青葉のいた部屋となんら変わりのないものだった。

唯一違うのは、本来高等部三年が使用する二階フロアの部屋なので、シャワーとトイレがついていることくらいで、華美な装飾などは一切ない。

「いや、普通だなと思って」

「そりゃそうだよ。青竜寮だもん」

ということは、黄麟寮はやはり個人部屋も豪華な作りなのかと苦笑する。

「俺、左側使ってるから、右側は好きに使っていいよ。一応ちょっとだけ掃除はしてたけど、念のため自分でもやっといて」

「うん、ありがとな」

「青葉、荷物ここでいいのか」

あてがわれた半分のスペースの適当な場所に、荷物を置いてもらう。

鷹新道は荷解きまで手伝ってくれて、用が済んだらあっさりと帰って行った。ベッドに新しいシーツをとりつけながら、青葉は少々疑問に思っていたことを口にする。

「波音は、なんで黄麟寮に入らなかったんだ？」

原則として、執行部員は黄麟寮に入るという決まりがあるらしいと聞いたばかりだ。

波音は青葉の質問に、何故か不敵な笑みを浮かべる。

「別に？　強いて言うなら、一般寮のほうが面白そうだったからかな？」

「面白いか？」

「当たり前だけど人も多いしね。色々と見応えがあるというか見どころが多いというか」

大部屋に住みたかったのか、と訊くと波音は「それは嫌だ」と笑いとばした。

もしかして黄麟寮に住む財力がないのかとも思ったが、彼の出自を思い返せばそんな可能性は低そうだ。単に趣味で選んだというが、言っている意味がよくわからない。よくよく考えれば、二年生で本来最上級生用の部屋を使っている時点で特別な措置だと言える。

――……深くつっこまないでおこう。

着替えやタオルなどをキャリーケースからベッドの上に出していると、ふと背後から肩を触られた。

「青葉さぁ」

背中におぶさってきた波音を青葉は振り返る。

「んー？」

「さっきセクハラされたって言ってたろ？　本当に平気なのか？」

「あー……」

あれはセクハラだったのか、なんだったのか。正直なところ真意がわからない。曖昧に首を捻った青葉に、波音は顔を強張らせた。必要以上に含みを持ってしまったかと、慌てて頭を振る。

「さっきも言ったけど、体触られたくらいだよ。キスもされてないし」

それでも思い出すと結構気味が悪くて、青葉は露骨に顔を顰めた。

「ならよかった……って、よくないか。不安だよな、同じフロアになっちゃったわけだし。相手の名前はわかる？」

井深と呼ばれていた三年を思い浮かべる。これ以上関わりたくもなかったし、恨まれるのもいやで、青葉は首を傾げた。

「いや……なんだっけ。名前は忘れた。でもこの学校にしては珍しくだらしない感じだったかな。でも、なんか今までの嫌がらせとは違う感じ？　が、したかな。今は、俺にならなにしてもいいって雰囲気があるのかもしれないけど」

それがなにかいまいちピンと来ず唸《うな》っていると、不意にドアがノックされた。

「あれ？　まだ点呼には早いはずだけどな。はーい」

「……こんばんは。ちょっといいかな」

波音が開けたドアの向こうに立っていたのは、尊だった。

「か、会長!?　なんで青竜寮に!?」

意外な訪問客に、思わず立ち上がってしまう。

私服姿の尊はにっこりと笑って中に入ってきた。

「黄麟寮の生徒というか、生徒会役員だけは特権で他寮への出入りができるんだよ。鍵もあるしね」

「あ、そ、そうなんですか。あの、でもなんで……」

「こちらが色々巻き込んだみたいなものだし。ちゃんと話しておきたかったからね」

今は一応「外面」を被っている状態らしい。やはりこうしてみると、今日生徒会室で見た姿は幻なのではなかろうかと思ってしまう。けれどあれが尊なりの「信頼」の形だったようにも思えて、深い付き合いでもないはずなのに青葉は武装した彼の姿に少々落胆している自分を発見する。

「立ち話もなんだし、入ったら。尊先輩」

「うん、おじゃまします」

招いた波音がベッドに腰を下ろし、尊は何故か青葉のベッドに座る。意識する必要などないのにと思いながら、躊躇しつつ青葉は尊の横に座った。

青葉の顔を覗き込み、尊が目を細める。

「なんの話してたの？」

「ええと」

「青葉が早速手籠《てご》めにされそうになった件について」

あけすけに言った波音に尊が目を瞠る。美しい相貌に憂いを浮かべ、尊は青葉をじっと見つめた。

「さっきさらっと流れちゃったけど、誰にされたの？」

言いなさい、と少々強めの語調で問われ、青葉は頭を振る。

「三年ってことしかわかんないみたい。あ、でも広瀬なら知ってるのかな？　助けてくれたんだろ？」

「ええと……」

それはそうなのだが、肯定してあの三年生の名前が知れたら、広瀬が割を食ったりはしないだろうか。自分は平気だが、友人に迷惑はかけたくない。

そんな空気を察したか、犯人の名前について、二人ともそれ以上深くは詮索してこなかった。尊は思案するように顎に手を当て、ふむと頷く。

「三年か。……既成事実でもって、強引にチューター制度に持ってくつもりだったのか？」

「チューター制度って？」

「そっちの学校でもあるだろ？　所謂ティーチング・アシスタントとかレジデント・アシスタントってやつだね」

留学生を対象に、授業の補助をしたり、寮生活や学校生活の支援をしたりするのがチューターの役割だ。

「あ、それは聞いたことがあります。大伯父が昔、それで留学生の面倒を見たとか」

「へえ、そっか。青葉はご親戚にＯＢの方が多いんだよね。白金学園の場合、海外留学生だけじゃなくて、外部受験組にも適用されることがあってね」

白金学園は、寮や校則などに細かいルールが多いため、留学生でなくとも、特に高校から編入した生徒を対象に、学園内のルールをつきっきりで教える役割を担う生徒が存在するらしい。

「学園側からの指名で決まることもあれば、生徒同士で指名することもある。大概は、同室の相手に頼むことが多い。ボランティアみたいなもんだけど、最大のメリットは内申点が上がることかな」

順当にいけば、自分の場合は広瀬だ。だが彼の場合はチューターとしてではなく、色々と教えてくれたようだったが。

「内申点って……ああ、そういえばここエスカレーター式じゃないんでしたっけ」

入学時の説明によると、白金学園は大学部まであるものの、エスカレーターでは進学できず、成績不良者は容赦なく振り落とされるようだ。偏差値も決して低いわけではないので、大学からは外部生も格段に増える。

「そ。だから、内部進学を狙って割と成績不良の生徒がやりたがるというか……まあそれも口実なんだろうけどね」

「口実って？」

内申点が上がるということを除いては、殆どメリットがなさそうに思える。厄介な荷物を喜んで背負うものがいるのだろうか。

「うーん……なんて説明するのがいいかな。つまり、学園内の常識に疎《うと》い相手をいいようにしちゃうっていうか」

波音の持って回った言い回しに、青葉は首を傾げる。

「いいようにって？」

青葉が問うと、尊が言いにくそうに唇を触る。

「……うん、だから、青葉が昨日されたみたいなことだよ。無理矢理犯して強引にチューターになって、その後も折りを見て隙を見て関係持っちゃう……っていう」

その説明に、青葉は目を剝く。

もし最後までやられていたら。もしかしたら一度では済まない話だったのかもしれない。

頭からざっと血の気が引くのがわかった。

一度だけなら犬に噛まれたと思って忘れられないこともないかもしれないが、それが当たり前のように行われるなど、冗談ではない。

「俺、男なんだけど」

「見りゃわかる。男子校の悪ノリってやつだよ。ほら、パブリックスクールとかにはありがちなやつで」

「ここ日本だろ!?」

もっともらしく言う波音に青葉は顔を顰める。尊を見ると、どう説明しようかと悩んでいるようだった。

「……特に、この学園は閉鎖空間みたいなものだからね。全寮制だし、うちは携帯の持ち込みも不可だし、パソコンですら寮に数台とLL教室と図書館棟くらいにしかない。女子と接する機会もあんまりないから、余計に手近で済まそうってやつも出てくるんだよ」

「なにそれ……いや、男同士がどうこうって話じゃなくてさ」

それ自体は別にかまわないのだ。けれど、どうしても腑《ふ》に落ちない。

「悪ノリとか、なんかそういうのでそんなことするのやだな。俺、恋愛とかしたことねえけどさ。そういうのって好きなやつとしたいじゃん」

大伯父との会話で夢を見ていた感は否めないが、それでもちょっとがっかりする。

特に、内心憧れを抱いていた二人の出会いが悪用されていたのが嫌だった。ついふてくされた青葉の手を、尊が取る。顔を上げると、きらきらとした深い色の瞳で青葉を見つめていた。

「わかる、わかるよ！」

「ど、どうも」

「うーん、なんかすごいピュアな感じでそわそわするなぁ」

「……馬鹿にしてるだろ」

よしよしと波音に頭を撫でられて、青葉は唇を尖《とが》らせる。

「まあ、青葉も敢《あ》えて特定のやつに食われて他から身を守るもヨシ、抵抗して頑張って逃げ切るもヨシ。ま、その辺は好きに選択すればいいよ」

「波音！」

尊の叱責するような声に、波音は肩を竦める。

「悪いけど、俺自身にとっては対岸の火事だからさ。生徒会っていうのは、この学園では絶対権力なんだよ。執行部員になるには本人たちのポテンシャルの高さは必要だし、全員じゃないけど、必ず数名は権力者の家系が所属する」

子供だけの問題ではなく、場合によっては親のほうへも影響するということだ。

つまり、よほどのことがない限り、もしくは合意の上の関係でない限りは、どうこうされる心配はないということらしい。

黙って聞いていた尊は、溜息を一つ落とす。

「波音。その露悪的な言い方やめなよ」

尊の指摘に、波音は少々鼻白んだ様子を見せたが、またいつもの調子に戻る。

「だって不安そうな青葉可愛くてさ～。でもまあ、尊先輩の言う通り、青葉もあんまり心配しなくていいよ。逆恨みはされてるだろうし、突っかかってくるやつもいるかもしれない」

「……だから、なにかあったら波音に頼るといいって言ってるんだよ。波音だけじゃない、俺たちにも頼ってくれ。なんとかしてやれるから」

そして、尊の掌が青葉の頭に触れた。優しく撫でるその感触に、ほっと肩の力が抜ける。

「はい。あの、お手数をおかけします。よろしくお願いします」

素直に頭を下げると、尊はほわっと頬を緩めた。目を細めて、くりくりと頭を撫でてくる。

「うん、いい子」

完全な子供扱いに苦笑したが、それを心地よく思っている自分に気付く。

最後にぽんと優しく頭を叩いて、尊は腰を上げた。

「明日はお披露目を兼ねて各寮を回るから。七時までに黄麟寮の生徒会室に集合するように。おやすみ」

「おやすみなさい、会長」

「尊先輩おやすみー」

去り際に手を振って、尊がドアの向こうに消える。まだ感触の残る頭に触れると、対面の波音が手を差し出してきた。

「とりあえず、これから同室ってことでよろしく。今までは傍観して悪かったな」

「いや。もし波音にまで構ってもらったら余計ひどいことになってた気がするし。なんか、色々悪いな。よろしく」

手を取って握手を交わすと、波音は人好きのする笑みを浮かべた。

ベッドに潜って、尊の整った顔を思い浮かべる。つい昨日まで、雲の上のような存在にも思えていたが、今日の彼の姿はなかなかに面白かった。

――会長、金持ちで有能で美形なんだけど……なんか、情けないというか親しみやすいというか、いい人そうだよなあ……。

今も、わざわざ様子を見に来てくれた。青葉のために。そう思うと、胸の奥がぎゅっと締め付けられるような気がした。

青葉は思い至って、再び身を起こす。上履きを履いて外へ出ようとする青葉に、波音がぎょっとした。

「どこ行くんだよ。そろそろ点呼に来るぞ」

「あ、うん。その前にちょっと電話してこようかと思って」

財布を持ってそう言うと、波音が待て待てと制止する。

「お前なんで今日の今日でこんな時間に一人になろうとするんだよ。電話なら俺の携帯電話貸してやるから」

「でもそれ、生徒会用だろ？　私用で使っちゃまずいんじゃないの。俺海外にかけるよ？」

「用途は俺から説明するし。いいから使えよ」

押し付けられた携帯電話をありがたく受け取り、青葉はベランダに出て大伯父に電話をかけた。あちらは早朝のはずだが、既に起きていたらしい大伯父に掻い摘《つま》んで今日の一日のことを説明する。大伯父は電話の向こうで大笑いした。

『そりゃとんだ災難だったな』

「笑いごとじゃないよ。じいちゃんの頃からこんなだったわけ、ここって」

『大差ないな。相変わらずの校風のようで安心したよ。自分の貞操は頑張って自分で守るか、守ってもらえる相手を見つけることだな』

「あー、生徒会が味方してくれてる」

『そりゃいいことだ。でも一番は誰かのお手つきになるのが早いぞ』

「……切るよもう」

なんだか既に聞いたようなアドバイスを告げられ、あまり長電話はできないからと電話を切った。

憮然《ぶぜん》としつつ部屋に戻り、携帯電話を返しがてらそんな話をすると、波音も「ほらな」と笑った。

そう言うなり、タイミングよく寮長が点呼を取りに来た。大丈夫だったかと、それだけを問われたので、問題なかったと答えて礼を言った。

青葉はベッドに潜《もぐ》り、波音のいるほうの暗闇を見やる。

「あのさあ、波音」

「ん?」

「……俺がもし、会長の本性を喋っても誰も信じないんじゃないのか?」

役者になれるのでは、というほど、尊の「武装」は徹底しているように思える。無論、それは演技力ということではなく、本人は否定するかもしれないが元々の資質なのではないだろうか。新参者の評に揺らぐものでは、きっとない。

そんな青葉の言葉に、波音がふっと笑みをこぼす気配がした。

「そうかもね」

「じゃあなんで」

「でも、火のないところに煙は立たないって言うだろ？　それが嘘か本当かはどうでもよくて、尊先輩は綻《ほころ》びを見つけたらつつかれるような世界にいるんだってこと。今はそうでもないけど、卒業したら、もっとね」

なるほどと納得しかけた青葉に、波音は更に言葉を重ねた。

「これ言ったら、尊先輩も経ヶ峯先輩も否定するんだろうけどさ、尊先輩のことが心配なのも本当だけど、みんな青葉のことだって心配なんだよ、ほんとは。多分それが一番の理由だ」

「……なんで、俺まだここに入ってきたばっかりで」

自分でもまだ「部外者」のような気分でいるのだ。ここに馴染んでいるとは言い難い。けれど波音は否定する。

「もううちの生徒だよ。年数なんて関係ない。それに、まだ馴染めなくて不安に思ってる相手だったら猶更《なおさら》庇うべきだろ。そういうことだよ」

確かにそんなことを言えば、尊は笑って否定をするかもしれないし、経ヶ峯は気色悪いと言うかもしれない。

けれど、きっと本当は、同様に青葉の心配をしてくれている。

先程ここに来た尊のことを思い返して、青葉はTシャツの胸元をきゅっとつかんだ。

「……確かに、経ヶ峯先輩だったら『気持ち悪いこと言うな』とか言ってアイアンクローかましてきそう」

青葉が言うと、波音はぷはっと吹き出した。

「かますかます。だから、滅多なこと言うなよ。じゃ、おやすみ」

互いにおやすみ、と口にして寝返りを打つ。

波音も十分優しい。そう言ったら、同じようにきっと笑い飛ばされるに違いない。

深い安心感に包まれて、青葉はこの夜、久しぶりに熟睡することができた。

翌日、準役員となった青葉に最初の仕事が与えられた。尊たちを初めて目にした「大名行列」もとい「生徒会巡視」に、青葉も顔見世として随行することだ。

巡視は、黄麟寮を囲む四つの寮を、東方青竜寮、南方朱雀寮、西方白虎寮、北方玄武寮の順に生徒会執行部員が回る、所謂「御用聞き」の仕事である。

そんな説明を事前に波音から受けており、別に忘れていたわけではなかったのだが、熟睡してしまった弊害《へいがい》か、青葉は波音とともに少々寝過ごした。致命的な寝坊ではなかったが時計を見て真っ青になり、二人で走って黄麟寮へ出向く。

「――遅い」

既に揃っていた面々に迎えられるや否や、経ヶ峯に睨まれて揃って首を竦めた。上背のある経ヶ峯に見下ろされると言いようのない迫力がある。

「すみません、経ヶ峯先輩。青葉が全然起きなくて」

「嘘つけ！　波音こそ洗面所で寝てたくせに！」

「……一晩で仲良くなったのは結構だが、つまりどっちも寝穢《いぎたな》いんだな、貴様ら……この馬鹿者どもが！」

「ぎゃー！　いでででで！」

「経ヶ峯先輩、痛いっ、それほんと痛い！」

鬼の形相の経ヶ峯に、二人揃って頭を鷲掴みにされる。武道を嗜《たしな》んでいるらしい経ヶ峯の握力は半端ではなく、このまま粉砕されるのではという恐怖と痛みに、青葉は半泣きになった。

「まあまあ、そんなに大遅刻ってわけじゃないんだし、二人は寮も離れてるんだから許してやろうよ」

仲裁に入ってくれたのは尊で、経ヶ峯はふんと鼻を鳴らしてようやく青葉と波音の頭を解放してくれた。

「揃って寝起きが悪いなら、一時間早く目覚ましをかけておけ。来週も遅れて来たら今度は本当に潰すぞお前ら」

「ふぁい……」

波音は涙目になりながら、締められた場所を揉みこみつつ頷く。同じようにしながら、青葉は窮地を救ってくれた恩人に笑いかけた。

「助かりました、会長」

「どういたしまして。昨日あまり眠れなかった？」

今日は昨日と違い、ヘタレた様子のない、やたらいい声で話しかけてくる尊に戸惑う。そうして、この場には昨日いなかった中等部の生徒の存在に気づく。彼が「素」に戻るのは、生徒会執行部全員というわけではなく、幼馴染みだと言っていた高等部の執行部員の前でだけなのだ。

「青葉、大丈夫？」

尊は今日も麗《うるわ》しい笑顔を浮かべて、経ヶ峯に痛めつけられた場所に優しく撫でてくる。労《いたわ》るように触れるその指に何故かどきりとしてしまって、青葉は固まった。

顔を赤くして硬直している青葉に、尊は苦笑して手を離し、距離を取る。それを怪訝に思うより先に、尊は自分の席へと戻っていった。

経ヶ峯が、そこに寄り添うように移動し、仕切りなおしに手を叩く。

「じゃあ、そろそろ行くぞ。今日は、新顔である準役員のお披露目も兼ねているから、いつも以上にヘマはするな」

とはいうものの、会長以下執行部員は特にすることもなく、背後について回るだけだ。青葉も余計なことを言わず、後ろへついていけばいいだろう。

「――尊」

「うん」

経ヶ峯の呼びかけに、尊がデスクからなにかを取り出し、青葉のところへ歩み寄ってくる。

少し身をかがませて、尊は顔を寄せてきた。

「え、と」

「じっとしてて」

柔らかい声音で言われ、青葉は無意識に背筋を伸ばす。

尊は、一体何事かと硬直している青葉の制服の衿を取った。

——ち、近い……！

至近距離で見る尊の顔はやはり綺麗で、今は伏し目がちになっているせいかまつげの長さがやけに強調されて見える。くっきりとした二重の眼を囲むまつげは、すっと上向いていた。

しかも、相手は自分と同じ男子高校生だというのに、やっぱり尊からはいい匂いがして、心拍数が上がる。

一体なんの香りだろう、と気を取られているうちに、尊が離れていった。そうして、尊は青葉の顔を見て、満足げに頷く。

「うん、よく似合ってる」

改めて、先程まで尊が触れていたところを確認すると、上着のラペルに小さな宝石が付けられていた。校章の少し上に留められたそれは、尊や波音たちが付けているのと同じ、黄色に輝く石である。華美な装飾はされておらず、ダイヤモンドカットに削られた、小指の先ほどの大きさのものだ。

「それ、生徒会執行部員だけが付けるラペルバッジなんだよ。ちなみにこれが白の石だと生徒会役員。これで、青葉は準役員だけど、執行部所属扱いになるから俺たちと同じ黄色をつけるんだ」

「あ、ありがとうございます。頑張ります」

ぺこりとお辞儀をすると、執行部員の面々が拍手をしてくれる。

「さて、じゃあそろそろ行くぞ」

「うん」

そう言って、揃って生徒会室を出る。

一歩外に出た途端、尊からは先程までの柔らかい表情は消え去り、初対面のときのような怜悧《れいり》な顔が現れる。

「じゃあ、行こうか」

甘えるような優しげな声も、今は凛《りん》とした色に変わっている。

二重人格、と小さくつぶやくと、聞こえていたらしい経ヶ峯の睨みが飛んできた。

そんなこんなで繰り出した生徒会巡視の初回で、青葉は生まれて初めて「針の筵《むしろ》」というものを味わう羽目になる。

一体お前はなんなんだ、どうしてお前のようなやつがその場所にいる、と、肌に刺さる視線が如実に羨望や敵意を訴えてくる。

青葉について予備知識のあった青竜寮はまだ比較的ましなほうで、二棟目の朱雀寮からは露骨に攻撃的になった。最後尾についたことが災いしてか、ごみを何度も当てられ、蹴りも何発か食らわされた。

こうなることは想定内だったらしい尊と経ヶ峯に「余計煽ることになるからやり返すな」と注意されていたので我慢したが、中等部の執行部に既に何度か流れ弾が当たっている。大丈夫です、と笑ってくれる下級生に申し訳なくなり、その反動で更に憤りも湧《わ》いた。

引っかけようと差し出された足を、思い切り踏みつけてやる。

「痛っ！」

「こいつ……！」

反撃されたほうも、「憧れの」生徒会の前で表立って不穏な真似はできないようで、小声で叫ぶのみだ。

いくら目端の利く尊や経ヶ峯でも、後頭部に目が付いているわけではない。

——要は先輩方にバレなきゃいいんだ、バレなきゃ。

開き直って、懲りずに差し出された足を蹴り飛ばす。馬鹿の一つ覚えのように伸びてくる足はもはや質《たち》の悪いギャグで、青葉は丁寧にひとつひとつ踏んで行った。

途端にやり返し始めた青葉に、敵意一色だった視線にわずかな戸惑いが混じるのを感じる。

なんとか朱雀寮をやり過ごし、白虎寮に入ったが、そこでもまったくワンパターンな攻撃を受けた。

――こいつら馬鹿じゃねえの。

初手から反撃をした青葉に、白虎寮生の追撃も早い。伸ばされた手も払い除けていたが、不意に後ろに引っ張られて尻もちをつく。静かな嘲笑が上がったが、青葉は顔色を変えずに立ち上がった。

一度成功して調子に乗ったのか、背後から服をしつこいくらいに掴まれる。

やれやれと溜息を吐き、数度目、後方へ引かれたタイミングを見計らって青葉は体当たりをかましてやった。

「わあっ！」

予備動作なしで飛んできた青葉に、流石に相手も大声を上げる。いくら青葉が小柄とはいえ、人一人飛んできたのを咄嗟に支えられなかった相手と一緒に、二人で人垣の中に突っ込んだ。

巻き添えを食らった寮生も、にわかに色めき立つ。

「てめえ、やんのか！」

「こっちの科白だ。さっきから蠅《はえ》みたいに人にたかりやがって」

乱闘の気配に盛り上がった空気を霧散させたのは、会長と副会長の「なにをしている」という低い一喝だった。

大声を張り上げたわけでもないのに、二人の声はひどくよく通る。青葉の下敷きになっている生徒は、十戒のように割れた人垣に現れた二人に顔面蒼白《そうはく》だ。

「……俺が転んだのをこの人が支えてくれまして」

馬乗りになって衿を摑んだ恰好のまま言ってみると、尊と経ヶ峯は顔を見合わせて息を吐いた。尊など、口元を押さえて心底あきれた様子だ。

「……そうか。生徒会メンバーを助けてくれてありがとう」

あからさまな嘘に乗っかった経ヶ峯は、そう言いながら倒れた寮生に手を貸す。顔をせわしなく赤くしたり青くしたりしながら、その寮生は立ち上がった。お前も立てと告げられ、青葉も制服の埃を叩きながら立ち上がる。

尊もむっつりと黙ったままで、なんとなく重苦しい雰囲気の中、白虎寮を出た。玄武寮へ続く渡り廊下を出て、戸を閉めた瞬間、尊がぷっと吹き出す。

「尊」

「ごめん、だって……青葉、好きだなぁ」

どうやら尊は憤慨していたわけではなく、笑いを堪えていたらしい。くすくすと笑いだした尊に、他の面子も遅れて吹き出した。

好き、という言葉にどきりとしたが、尊を怒らせていなかったことに安堵する。つられて笑いそうになった青葉の頭を、経ヶ峯が鷲摑みにした。

「能天気に笑っている場合か。やり返すなと言ったろうが。この小さな頭に詰まっている出来のいいはずの脳味噌は機能していないのか？　ん？」

「いだだだだだ！」

ぎりぎりと頭を締めつけられて、青葉は悲鳴を上げた。ごめんなさいと言いつつ、反論する。

「だって、俺だけならともかく中等部の子にも流れ弾当たってたんですよ？」

賢いやり方ではないが、どうしても我慢できなかった、と言うと、経ヶ峯は口を閉じ、それから手を離して踵《きびす》を返した。

尊が寄ってきて、満面の笑みで頭を撫でてくる。

「子ども扱いやめてください」

「そんなんじゃないよ。経ヶ峯だって多分そんなに怒ってないし。……経ヶ峯、青葉は準役員だけどやっぱり高等部の列に入れよう」

経ヶ峯は顔を顰めながら振り返り、それでも了承するように軽く顎を引いて次の寮へと向かう。他の面々も、慌てて経ヶ峯の後ろについていった。

皆の後ろを歩きながら、尊が声を落として耳打ちする。

「でも、殺気立ってる人だかりに突っ込むなんて危険な真似はもうしないこと。いいね」

「……はい」

言いつけにしぶしぶ頷きながら、先程経ヶ峯に絞められた場所を撫でる。その手を尊によって外された。

そして、そっとその場所に口づけてくる。

最後尾につけているため誰にも見られてはいない。けれど、こんなところで前触れなくキスをしてきた尊の意図が知れなくて、青葉は硬直した。

青葉の物問う視線に尊が目を細める。

「今度また心配させたら、ちゅーしちゃうよ？」

——ぶ、文脈がわからない！　日本語ムズカシイ！

けれど誰に問うことも出来ず、先頭のほうへ足取りも軽く行ってしまった尊の背中を追いかけ、青葉は混乱したまま玄武寮へと足を踏み入れた。

「くっそ……やられた！」

「巡視二度目にして飛び道具か。敵さんも考えるもんだねぇ」

前回の生徒会巡視から一か月後、青葉にとっては二度目の巡視の後、青葉のネクタイを摘まみながら波音が感心したようにつぶやく。その後ろで、尊が「感心してる場合じゃないだろ！」と怒鳴った。

「早く染み抜きしないと！」

「ていうかそもそもなにこれ……醤油《しょうゆ》か」

くんくんと匂いを嗅いで、波音が青葉のネクタイにつけられた染みの正体を口にする。道理でいい匂いがすると思ったが、綺麗に落ちるかどうかは微妙なところだ。青葉はネクタイを引き抜き、くるくると回した。

「やられましたよ。ちょっとすれ違った瞬間に飛んできて、避ける暇なかった」

魚の形のタレ瓶に入ったものを手の中に仕込んでいたらしい。

「地味にむかつくなー、これ」

「おぼっちゃんのくせにやり方がせせこましい。まあ、ネクタイに命中したからシャツは生き残ったけどな。ざまーみろ」

「あんまり好戦的にならないほうがいいんじゃないのか。エスカレートしたらどうする」

窘めるような意見を言ったのは会計の鷹新道だ。大柄な割に、やることが細かく気遣い屋な男である。

「そんときゃそんときだろ。こっちは迎え撃つ覚悟は出来てるんだよ」

「ひゅー！　青葉くんおっとこまえー！」

へっと鼻で笑うと、波音が茶化す。背後を通った経ヶ峯にバインダーで続けざまに頭を叩かれて、青葉と波音は口を噤んで着席した。

それを合図に皆が席に着き始め、一人苦笑していた尊も、倣《なら》って座る。

「でも、俺意外と青葉のざくざくやり返す感じ好きだなぁ」

「俺も嫌いじゃない」

尊の意見に同調した花京院を、経ヶ峯が調子に乗るからやめろと窘める。

最後尾から、高等部執行部員の最後列に移動した青葉への攻撃は、初回よりは格段に少なくなったと言える。けれど、まったくなくなったわけではない。

青葉の仕返し態勢については生徒の評価も別れていた。何事もやり返すのは平和的ではないという批判的な者、いいぞもっとやれという支援的・煽動的《せんどうてき》な者、自分に害が及ばなければどうでもいいという無関心寄りの中立的な者の概《おおむ》ね三派だ。

「……うちの生徒はもう少し品行方正というか、大人しい性質のが揃っていると思ったんだがな」

ぶつぶつと小言を漏らす経ヶ峯に、尊が朗らかに首を傾げる。

「潜在的にある闘争本能みたいなものかもね？　普段抑圧されてる分、青葉みたいな起爆剤があると一気に爆発しやすくなるのかもよ」

「なんて傍迷惑なやつだ」

「……知りませんよそんなの。ていうか、大人しいじゃなくて陰湿の間違いでしょ」

こっちだって、攻撃されなければ仕返しなどしない。ふてくされた青葉の頭を鷹新道がよしよしと撫でてくれる。

「もう波音と一緒の部屋になって一か月だけど、学校ではどうかな？　なにかされたりしている？」

尊に話を振られて、青葉と波音は顔を見合わせる。

「案外多くないです」

正式に執行部に入ったということや、青葉が決してやられっぱなしの気弱なキャラクターではないということが判明したからか、嫌がらせの数は減った。その背景には友達が増えた、ということもある。

加えて、見た目や性格と反して青葉の勉学の成績がいいというのも地位向上に一役買っているらしい。つい先頃の前期中間テスト終了後、英語や数学、情報処理などは得意分野なので、教室や寮で悪意のない級友に囲まれることが増えた。

「それから、俺に関わったことに関する嫌がらせは多分殆どないでーす。俺のこと好きって言ってくれてる人たちには、俺からちゃんと説明と牽制してるし」

はーい、と波音が挙手をしながら、尊に小さく当てこする。初手で失敗したんだからファンくらい御せ、ということなのだろう、尊が面目なさそうに萎れた。

「青葉、俺にできることあったら遠慮なく言って欲しい」

「いえ、ないです別に」

さくっと返すと、尊はショックを受けた顔をしかけたが、幼馴染み以外の面子もいるためぐっと堪えていた。波音のように初回から牽制してくれたのならともかく、今となっては火に油を注ぐ展開になりそうだ。できればじっとしていてほしい。

それよりもあの日、突然顳顬《こめかみ》にキスをしてきた尊だったが、その真意を聞けずじまいだった。別に期待していたわけではなかったが、その後青葉が応戦しても彼の唇が近づいて来たことはない。

無意識に、唇が触れた場所を擦っていると、尊と目が合ってどきりとした。

「――いい加減無駄話をやめろ。朝ミーティングを始める」

経ヶ峯の言葉に、青葉は慌てて視線を逸らす。

経ヶ峯の仕切りでミーティングを終えた後は、それぞれ教室に散る。

そして、「たかがネクタイ一本」と思っていたが、その日一日授業を受けてみて意外に面倒だということに気が付いた。

ＬＨＲが終わるなり、青葉は席を立つ。

「波音、俺ちょっと購買行ってくるわ」

「購買？　なにしに？」

「ネクタイ買ってくる」

青葉の返答に、波音は合点がいったとばかりに頷く。

白金学園の制服は、夏服の場合を除いてネクタイは必須なのだ。今は丁度衣替えの移行期間で、まだ合服の生徒が多い。そのためか授業が始まる前に必ず「ネクタイはどうした」と教師に訊かれてうんざりしてしまった。事情を察した教師に、面倒事に巻き込むなという顔をされるのにも飽き飽きだ。

「すぐ戻ってくるから、先に生徒会室行ってて」

購買部は一階の下足入れの横にある。人の出入りも多いし、なにより購買部のおばさんがいるので、滅多なことにはならないだろう。

波音は少々逡巡《しゅんじゅん》する様子を見せたが、首を振った。

「じゃあ俺ここで待ってるから。なんかあったら大声出せよ」

「うん。じゃあ急いで行ってくるけど、なんなら先に生徒会室行っててくれていいから」

言い置いて、青葉は購買部へと向かう。予定外の出費に悪態をつきつつ、青葉は購買部でネクタイを一本購入する。

それを締めながら教室に戻ろうとすると、不意に名前を呼ばれた。

「——小西くん!」

「え?」

こちらに向かって走ってくるのは、見覚えのない生徒だった。学年色を確認すると、一つ年上らしい。

波音くらいの背恰好の彼は、青葉の腕を掴んで引いた。

「あの」

「お願い、ちょっと来て。助けて欲しいんだ」

「え、あの、先輩？」

面識のない生徒が青葉に火急の用事があるとは思えない。けれどなにやら焦っているので、青葉は腕を引っ張られるままに走った。

「あの、一体なにが」

「いいから、こっち！」

早く早く、と言いながらたどり着いたのは、地下にある室内運動場だった。

白金学園は一般生徒が使う体育館、武道館の他、校舎の半地下に運動部員が主に使用する室内運動場が設置されている。

そのうちの一つは水泳部の使用する温水プールで、青葉はそこに引っ張りこまれた。塩素の匂いのする場所には、まだ放課後になったばかりだからか、誰の姿もない。

「あの、先輩、一体なんの用事で」

「あのね、あの中にね」

五十メートルの大きなプールを指さされ、青葉は訝しみながらも歩み寄る。国外で暮らしていた頃は水泳の授業がなかったため、物珍しくてついしげしげと眺めてしまう。

「中になにが」

言いかけて振り返った瞬間、相手がものすごい勢いでこちらに手を伸ばすのが見えた。

反射的に、青葉はそれを避ける。

「……っ！」

あ、と意識したのと同時に、大きな水しぶきを上げて、三年生がプールの中に頭から突っ込んだ。

幸い、落ちた場所の水深は浅かったらしく、三年生はすぐに水面から顔を出す。しかし、決まりの悪さや羞恥からか、彼はプールから上がろうともせず、顔を俯《うつむ》けたままだ。唇を震わせるのは、悔しさからか、泣いているからか、それとも凍えているのか。

青葉はふうと息を吐いて、プールの縁に歩み寄った。

「——先輩」

名前も知らないのでそう呼びかける。相手がびくりと肩を強張らせたのがわかり、青葉はもう一度溜息を吐いた。

「ほら、手伸ばしてください」

掌を差し伸べた青葉に、相手が戸惑った表情をする。

「助けると思わせて落とすなんて真似しませんって。早く。風邪ひきますよ」

言葉を重ねると、相手はおずおずと手を出してきた。上から見下ろしている分、心に余裕ができているのか、なんだかその様子が可愛く見えてしまった。

——波音にこんなのばれたら、人がいいって馬鹿にされて笑われるかもな。

ふっと笑うと、ずぶ濡れの三年生が怪訝な顔をする。なんでもありませんよと返して、引っ張り上げた。制服が水を含んだ分重かったが、なんとか三年生をプールサイドに連れていくことができた。

へたり込んだままの三年生は、少し体を震わせているようだった。

——そういや、バケツの水浴びたとき、すげえ寒かったなぁ。

こちらは温水プールのようだがそれでも水から上がれば体は冷える。おまけに濡れた服を着ていれば、体温も奪われていきそうだ。

青葉はしゃがみこんで、三年生の顔を覗き込む。

「先輩、ちょっと服脱いでください」

「え……」

「あ、変な意味じゃないですよ。ほら早く」

困惑した表情で、三年生が服を脱ぐ。青葉はブレザーを脱ぎ、その下に着ていた学校指定のセーターを脱いだ。体型などほぼ変わらないので大丈夫だろうと、相手の頭からずぼっとかぶせる。

彼は目を白黒とさせて、青葉を見返した。

「なんで……」

「ブレザーよりこっちのがあったかいでしょ」

ね、と笑いかけると、彼の顔が赤くなった。青葉は彼の脱いだ服を拾い上げる。

「これ、管理人さんに預けてクリーニング出してもらいますよ。先輩なに寮です？」

「え、と……青竜寮」

「あ、なんだ。一緒ですか。じゃあ俺今ちょっと出してきますよ」

名前はブレザーの内側に刺繍があるので後で確かめればわかるだろうし、もし万が一なくても彼が取りに行けばいい。そう判断して青葉は踵を返した。

「あの！　小西……くん！」

唐突に名前を呼ばれ、青葉はくるりと振り返る。彼は逡巡した様子を見せ、袖を通したセーターをぎゅっと摑んだ。

「あの、ご、ごめんなさい。俺」

そういえば、もともとは青葉を突き落そうとした相手だったと思い出す。

反撃をする前に自滅してしまった相手に虚《きょ》を衝《つ》かれて、うっかり頭からその意識が抜け落ちていた。

「気にしてないですよ？」

しかしその言葉も本当で、けろりと返すと相手が何故か泣きそうな顔をした。

「ありがとう、小西くん。その……セーター、洗って返すから」

「気にしないでください。困ったときはお互い様でしょ？　先輩もほら、泣かないで」

礼を言われたのが意外で面食らいつつも、青葉は笑いかけながら手を引いてやる。彼はますます顔を赤くしてしまった。

寮へ戻ろうと一歩踏み出したのと同時に、咳ばらいが聞こえる。振り返るとドア近くに人が立っていて「わあ！」と声を上げてしまった。

「あ、あれ……会長？」

いつからそこにいたのか、腕を組んで壁に寄りかかっていた尊が、青葉に一瞥をくれる。

「随分と、かっこいいね。青葉」

「はい？　ありがとうございます」

唐突に褒められて何事かと思いながらも礼を言う。けれど、言葉とは裏腹に尊の表情は渋い。

「一体ここでなにしてるの。なにしてたの？」

「えっと……プールに落ちて。いえ、落ちたのは俺じゃないんですけど……避けたら、相手のほうが落ちちゃって。あっ、でも俺が突き落としたんじゃないですよ！」

不可抗力だったのだとプールのほうを振り返ったが、彼の姿は既にない。どこか別の出入り口があるのか、どこかに隠れているのかはわからなかった。証人はいないが、嘘ではない。

だが言い訳するまでもなく、尊はわかっているよと憮然とした。

「それで、服まで貸してあげたの」

「そのままじゃかわいそうなんで、セーターだけ貸したんです。俺ブレザーも着てるし。で、これはクリーニングに出しておいてあげようと思って……そんなことより、会長、なんで、ここに？」

「……生徒会室に行こうと思ったら、校舎の窓から青葉の姿を見つけて。でもなんかプールのほうに走っていくからおかしいなと思って」

罠に引っかかってのこのことついていった青葉を心配して、わざわざここまで来てくれたのだ。

朝から「エスカレートしたらどうなる」という話をしていたばかりだった。波音も警戒してくれていたのに、結果的に無事だったとはいえ、あっさり騙《だま》された浅慮に自己嫌悪に陥る。

「……ごめんなさい、心配かけて」

「本当だよ。めげずにやり返す青葉を好きだと言ったけれど、少し警戒心がなさすぎるし、無鉄砲だ。今に大怪我《おおけが》するよ」

不意に、尊の手が伸びてきて青葉を抱き寄せた。密着しているせいか、何気ない「好き」の言葉にどぎまぎしてしまう。以前広瀬に、誤解されるから軽々しく言うなと忠告されたが、本当だ。尊の言葉で勘違いしそうになる。

「あ、あの、会長？」

「無事でほっとするやら、色々心配になるやら……どうしたらいいの俺は」

ぶつぶつと言いながら青葉の体をすっぽりと包む尊の大きな腕の中は、温かい。尊からはいつも通りいい匂いがして、ほっとするのになんだか異様に緊張してしまう自分に改めて気づかされた。スキンシップには割と慣れているはずなのにと、そんな自分に当惑してしまう。

平気ですと身を離そうとするたびに、さっきまでよりも深く抱きしめられた。

「はい？　あの、会長。そんなことより濡れます！」

手の中に、水をたっぷり含んだブレザーがあるのを口実に、青葉は大声を上げた。

離れて、と懇願すると、尊は慌てて身を離し、手を挙げた。

「え、な、なに？」

「あー！　やっぱり濡れた……大丈夫ですか？」

抱き付かれた拍子に、尊の制服も濡れてしまった。せめてしっかり絞っておけばよかったと思うが今更遅い。

ごめんなさい、と再度重ねると、尊が溜息を吐いた。呆れられただろうかと唇を噛む。

「青葉のせいじゃないでしょ。寧《むし》ろ勝手に抱き付いた俺が悪いわけで」

「でも、心配させた俺がそもそも悪いじゃないですか」

「いや、そもそもってところから言い出したら、青葉がこういう目に遭ってるのって、やっぱり俺が悪くないかな」

「そこまで立ち戻らなくていいんです。今回の、先輩が濡れた件については俺の責任ですって」

俺が、いや俺が、果たして責任の発端はどこからかと延々言い合っていると、ややあって尊は観念したように息を吐いた。

「不毛な言い合いはやめて、早くクリーニング出しに行こう」

「……ですね」

そんな場合でもなかったと冷静になり、青葉と尊は連れ立って寮へと戻る。少々居心地の悪さを覚えながら傍らの尊を見ると、ばっちり目が合ってしまった。

さらりと流せばよかったのに、慌てて目を逸らしてしまう。変に思われないだろうかと緊張している青葉に、尊がねえ、と声をかけてきた。

「……さっきの話だけど、折衷案というか……ひとつ思いついたんだけど聞いてくれる？」

「はい、なんでも！」

どんとこいです、と胸を叩くと、尊は目を丸くして、それから苦笑した。

「なんでもって、俺の話聞く前にそんなこと言っていいわけ？」

「大丈夫です！　俺ができることであればなんでもやりますから！」

なんでも受け入れる覚悟は出来ていると胸を張った青葉に、尊は何故か困った顔をして笑った。

なにか変なことを言っただろうかと不安になっていると、尊はそうじゃないとでもいうように手を振った。

「――じゃあ、今度の土曜日、一緒に動物園行かない？」

「はい！　……はい？」

青葉は尊の行きたいところに同行すること、その代わり、その際にかかった経費はすべて尊持ちになる。それが尊の提示した「折衷案」だった。

二日後の土曜日の午後、青葉は寮に外出届を提出して学外へと出た。

白金学園の寮は、基本的に外出許可さえ得れば至極簡単に外へ出ることができる。門限を破った場合はペナルティがあるけれど、外出自体にそれほど厳しい条件はない。

外へ出たところで遊興施設などが殆どない場所だが、バスや自転車を使えば街中に行くことも可能である。繁華街というほどの場所ではなく、商店街がある程度なので行って楽しいかと言われると微妙なところだ。けれど、波音曰くそれでも外に出たくなるものらしい。

青葉も近場のコンビニやカラオケなどには友人と遊びに出てはいたが、初めての遠出で少し気分が浮き立った。おまけに、同行者は尊だ。

「あの、お待たせしました！」

待ち合わせは学校付近のバス停だ。早めに出たつもりだったたが、既に尊はそこで佇っていた。ほかに生徒の姿はなく、そのことにほっとする。

「大丈夫。バスに間に合いさえすればいいんだから、そんなに恐縮しなくても」

「いえ！　先輩を待たせたらいけませんから！」

しゃちほこばって答えた青葉に、尊は「まじめだな」と笑う。柔らかく笑う尊に、青葉の胸がきゅうと音を立てたような気がした。

なんだかこのやり取りが途端にデートらしく思えてしまって、青葉は熱を持った顔を逸らせる。

先日、少し様子がおかしかった尊は、今日はいつも通りだ。いつもの笑顔といつもの距離感にほっとする。

「動物園ってどれくらいかかるんですか」

「バスに乗って三十分くらいかな？　結構遠いかも」

間もなく到着したバスに乗り込むと、始発というわけでもないだろうに、青葉と尊以外の乗客は殆どいなかった。

アメリカにいた頃の話やクラスメイトのことなど、とりとめのない話をしている内に、あっという間に目的地へ到着した。聞けば、動物園だけでなく植物園も併設されているという。

見渡すと家族連れが多く、カップルの姿も見られるが、若い男同士で来ている客はそう多くなさそうだ。

——……なんか、俺ら変に思われないかな？

実際はただの先輩と後輩なのだが、不意にそんなことが気にかかる。じゃあなにに見えるのだという自問には、なんとなく自分の願望が透けそうで答えない。

「青葉？」

「はいっ！」

ぼんやりしていた青葉を、尊が呼ぶ。慌てて返事をすると、尊は首を傾げながら子供が沢山集まっているほうを指差した。

「あそこにふれあいコーナーあるんだ。行かない？」

「あ、行きます！」

二人並んで向かったのは、囲いの中に動物を離して、実際に触れることのできるコーナーらしい。

羊や山羊、モルモット、うさぎのブースがあり、尊は真っ先にうさぎのブースの中に入っていった。

「おおお……！」

「先輩が雄たけびを上げている……」

もこもこと動く毛玉の群れに、尊が目を輝かせる。一人になれる場所だから動物園を選んでいる、というようなことを言ってはいたが、実際に動物が好きらしい尊は嬉しそうにうさぎを抱きかかえた。

「もふもふ……！　もふもふしてるよお……」

ふんふんと口元を動かすうさぎに、青葉はまさにめろめろと言った風情だ。

どこかの幼稚園か保育園の子供たちに混ざり、上背のある男子高校生がうさぎと戯れる姿はちょっと面白い。

青葉もそれに倣い、クリーム色をしたうさぎを抱き上げる。丸く大きな黒々とした瞳を向けるうさぎは確かに可愛い。スティック状にした人参《にんじん》が置いてあるので、青葉はそれをうさぎのくちもとに運んでやった。

ぽりぽりと食べ進める様子に、尊と揃って頬を緩ませる。

「やばい……うさぎ可愛いです……」

ものを食べる口の動きや顔は勿論だが、耳やしっぽの形も尻のフォルムも堪《たま》らなく愛らしい。

久しぶりに動物に触ったせいか、愛《いと》しさが加速して、撫で繰り回したい衝動に駆られる。

それを必死に耐えていると、尊と目が合った。

「マジやばいですこれ、可愛い！」

相好を崩した青葉に、尊もでれっと相好を崩す。

「ねー、だよねえ……！　ああー癒される……！」

永遠に撫でていられる、と言いながら、尊は優しくうさぎの背を撫でている。

幸せそうなその姿は、確かに学校で見せるような精悍な姿ではない。

――でも、自然体で、優しそうで……俺は全然悪いことだって思わないんだけどな。

けれど、きっと尊が築き上げてきたものや、自分にはわからない世界の話もあるのだろうと口を噤む。

なんだかそれが悲しくて、青葉は腕の中にあるうさぎを抱き寄せた。

散々満足するまでうさぎと戯れたあと、園内をゆっくりと見て回る。

実のところ動物園に来るのは小学校の遠足以来で、しかもあまり記憶になかったため、生で見る動物に青葉は興味を奪われた。

鳥と触れ合えるコーナーもあったが、どうやら尊はあまり鳥が得意ではないらしく、じりじりと後ずさってしまった。

「鳥も可愛いじゃないですか。インコとか、オウムも触っていいらしいですよ！」

首元からいい匂いがするインコもいるらしく、嗅いでみましょうよと誘ったが、尊は必死の形相で遠慮していた。

本気で苦手らしいので強くは誘わなかったが、逃げ出した方向の檻の中にいた孔雀《くじゃく》に求愛をされて怯《ひる》んでいたのでつい笑ってしまう。

「先輩、超プロポーズされてますよこれ。雄ですけど」

「……気持ちは嬉しいけど、受け入れられないよ俺……」

翼が美しいのは雄だ。美しい男同士惹かれるものがあったのか、ばさっと扇状に広げた翼を悠々と尊にアピールしていた。

怯える尊が可愛かったが、もう行こうよと涙目で言われたので、青葉たちはその場を後にする。

散々歩き回ったせいで流石に疲れたので、猿山の前のベンチに腰を下ろした。案外とボス猿というのはわかりやすいもので、案内がなくともすぐにどれかわかるので面白い。

「あの……今更なんですけど、なんで動物園なんですか？」

青葉の問いに、尊はきょとんと眼を丸くする。長身で美形だというのに、表情の作り方があざといくらいに可愛らしくて、何故かこちらが赤くなってしまった。

「動物が好きなんだよね。それに、自分で言うのもなんだけど、男子高校生がプライベートで動物園にって、あんまりないでしょ？」

誰にも会わなくて落ち着くんだよね、と尊はやけに遠い目をしてつぶやいた。

普段から色々と抑圧されて、疲れているのかもしれない。そう思うと、なんだか可愛らしい趣味だなとしか思っていなかったことを内省する。

「だからみんなには内緒なんですか？」

動物園に行く約束をした後、尊は波音にもこのことは内緒、と言った。

だから今日、波音は青葉が一人でどこかへ買い物に行くのだと思っている。

「……少女趣味とかってわけじゃないんだから、別にいいじゃないか。動物を愛《め》でるくらい……」

ふっ、と諦観したような笑みを浮かべる尊に、青葉はすっかり同情してしまう。

不可抗力で知ってしまった秘密だったが、少しはそれで尊の気が楽になるのならいいことなのではないだろうかとさえ思うのだ。

「お、俺も動物、好きですよ！　向こうに住んでたときは、犬二匹と猫一匹飼ってました！」

「へえ、そうなんだ。種類は？」

青葉の話題転換に、尊も笑顔を作る。気まずい空気が消えたことに青葉もほっとする。

「えっと、ゴールデンレトリバーと、ラグドールです」

犬も猫も両方とも大きな種類で、三匹に伸し掛かられると小柄な青葉は結構大変だった。

兄弟のように育った三匹を置いて出てきたことが、少し気がかりでもある。

「親が面倒ちゃんと見てくれてるってのはわかるんですけどね。それでも心配になっちゃって」

「あー、わかるわかる。そういうものだよね。うちにも猫がいるんだけど、離れてると恋しくなるし」

　ほら見て、と言いながら、尊は胸元から生徒手帳を取り出した。私服だというのに律儀に持ち歩いていることに驚きつつ、差し出されたそれを覗き込む。

　生徒手帳には、すらりとした美しい猫の写真が一葉挟まっていた。

「わ、綺麗な猫。シャム猫ですか？」

「そう。シャム猫で、名前はジュリーっていうんだ。可愛いだろ？」

　ブルーポイントのシャム猫は、スレンダーでしなやかな体をカメラのほうに向け、アーモンド形の青い目をきょろりとさせている。首元には淡いピンクのリボンが付けられていて、つんとお澄ましをした顔にとてもよく映えていた。

　確かに可愛らしくて、青葉はくすりと笑う。

「すごく可愛いです。雄ですか、雌ですか？」

　問いながら顔を上げてから、物凄く尊と接近してしまっていたことに気が付く。鼻が触れそうな距離に、二人ともつい口を噤んでしまった。

何故か、この間プールで抱きしめられたときのことを思い出してしまう。ざわっと、嫌な風にではなく肌が粟立《あわだ》った。

覚えのない感覚に困惑して、青葉は瞳を揺らす。

「かいちょ……」

「俺！」

唐突に声を張り上げて、尊が立ち上がる。

思わずきょとんとして見返すと、尊は何故か口元を擦りながら、背中を向けた。

「……なんか、買ってくる！　歩き回ったし、喉乾いただろ！　なに飲みたい!?」

「え？　あ、えーと……じゃあお茶を」

「お茶な！　ちょっと待ってて」

そう言って、尊は脱兎《だつと》のごとくその場から走り去っていく。元々運動能力が高いほうだとは聞いていたけれど、物凄く足が速くて、あっという間に米粒ほどの大きさになった。

「と、トイレでも行きたかったのかな。あんなにあせって……」

しかし、なんにせよ尊がこの場から離れてくれて助かった。

どうして急に、あのときのことを思い出してしまったのか。自分でもよくわからない。

「……なんか、すっげえ顔が熱い……」

汗ばんだ掌で触れると、それがよくわかる。あと数秒遅れたら、この紅潮した顔を見られるところだったかもしれない。その理由を話すことなんてできるはずがないのに。

——……完全に不意打ちだったなあ、さっきの。

息が触れるくらい近づいて、とてつもなく緊張してしまった。

——やっぱ、黙ってるとほんときれいな顔してる。あの人。

青葉も可愛らしい顔立ちだ、と言われることが多かったが、尊はきっと海外に行っても見劣りしないだろう。

けれど、いくら顔がきれいだからって、ただの先輩相手にこんな風に胸が高鳴るのはちょっとおかしいという自覚はある。

まずいな、と青葉は息を吐いた。

今まで、青葉の周囲には同年代の友人が傍にいなかった。そのため、お互い恋愛対象から外れたのは自然な流れだったと言える。勉学においては対等に扱ってはくれたが、精神年齢に関わらず、青葉はいつでも「子供」で「末っ子」の扱いだった。

意外と、尊の素の性格のように、青葉に甘えるタイプは珍しい。普段はしっかりしているのに、心を許した相手にだけ甘えたり情けない姿を見せたり、というのが可愛く思えてしまっていたのは事実だ。

――他意は、ないんだろうなぁ……。

自覚した途端、尊の挙動を思い返して、青葉は重々しく溜息を吐く。

「……俺って結構面食いだったんだなぁ」

猿山の前でぽつりと呟き、虚《むな》しさが増す。

校風で慣れているとはいえ、今はこんな風に気安くしてくれている尊も、自分がそういう対象だと知ったら流石に離れてしまうかもしれない。

――いや、もし気が付いてるなら、そもそもこんなところに誘ったりしないよな。

気が付いていないからこそ、こんなところに自分を誘うのだ。

他意も、深い意味もない。そこに安堵しているのに、まったく相手にされていないということもわかって落ち込む。

突っぱねられないだけマシじゃないかと自分に言い聞かせながら、青葉は項垂《うなだ》れた。

――あ、でもさっきなんか急に離れたよな……あれってもしかして……。

まさか、既に気が付いているから距離を取ったのだろうか――そんな想像をして、少し怖くなる。けれど、そんな不安はその一瞬後、彼の行動によって打ち消された。

「青葉ー！」

名前を呼ばれて顔を上げると、両手に大きな紙コップを持った尊が先程と同様、全速力でこちらに戻ってくるのが見えた。

「か、会長、そんな全速力で走らなくても……！」

転びますよと言いながら腰を浮かせる。

意識されていないことはわかっていても、こうして無邪気な笑顔を見せながら走って来られると嬉しくなってしまう。

「おまたせー！　……あっ！」

走っていた尊が、地面の溝に思い切りけつまずいたのが見えた。

支えたところで紙コップは潰れるし、恐らく青葉の反射神経では間に合わない。それはわかっていたのに、咄嗟に前に乗り出してしまった。

「え、ちょ……ぎゃあっ！」

尊は転びこそしなかったものの、その手から紙コップを離し、放り投げてしまった。

それを反射的によける、というような器用な真似ができるはずもなく、青葉は尊の手から離れたお茶を二つともくらった。

ばしゃっと勢いよく紙コップが突っ込んでくる。なみなみと入っていたウーロン茶は、青葉の上半身を思い切り濡らした。

茫然《ぼうぜん》としている青葉に、尊が取り乱した様子を見せる。

「ご、ごめん！　青葉！　大丈夫……じゃないよね！　あああ本当にごめん！」

「いや、あの、大丈夫です。落ち着いて。会長落ち着いて」

——なんか、ここんとこ水に縁があるな俺……。

ぐっしょりと濡れたシャツが、肌に貼り付く感触がする。不幸中の幸いは、白いシャツではなかった、というところだろうか。

貼り付いた箇所を摘まんで扇ぐと、尊が濡れた場所を慌ててハンカチで拭《ぬぐ》い始めた。

「ごめん、ほんとごめんー！」

「ほんと気にしないでください。俺から突っ込んで行ったようなものだし」

それよりも、ハンカチをいつも携帯しているのかとか、ハンカチに口が×印のうさぎのワンポイントがついていて、尊はうさぎがよほど好きらしいとか、どうでもいいことのほうが気になってしかたがない。

なんだか色々と申し訳ない気持ちになって、青葉は尊から距離を取った。

「青葉……？」

「や、あの。ほんと気にしなくて大丈夫です。寮に戻ったら乾かしますから……、っ」

言いながら、うっかりくしゃみをしてしまって青葉は口を押さえる。

別に濡れたことが原因ではないと思うのだが、案の定尊は眉を寄せて非常に申し訳なさそうな顔をした。

「……やっぱり、このままじゃ駄目だ！　青葉が風邪ひく！」

「大丈夫ですって」

「今日、まだ時間あるもんね？　ちょっと服買いに行こう！」

「はい!?」

「銀座《ぎんざ》なら融通利く店があるんだ。ちょっと待ってて、今うちに電話して車出すから！」

いやいや銀座ってものすごく高級なものが立ち並んでいる場所なんじゃないんですか、と青葉は焦った。最近日本に戻ってきたとはいえ、その程度の情報ならばわかる。

勿論リーズナブルな価格のものもあるだろうが、きっと尊クラスになるとそんなみみっちい真似はしない。

「あ、山野井《やまのい》？　俺だけど。悪いんだけどちょっと銀座まで車を出してほしいんだ。ちょっと後輩の服を汚してしまって……うん、今から行くから十……いや、二十くらいパターンを用意しておいてもらって欲しい」

案の定、携帯電話でどこかへと連絡をはじめ、青葉でも知っているようなブランドの名前を出し始めたので慌ててその腕にすがった。

「あの！　本当にいいです！　俺、服なんて買わないです！」

必死の形相で否定すると、尊は虚を衝かれたような顔をした。それから、合点がいったとばかりに目を細める。

「大丈夫だよ。費用は勿論、俺が持つから心配しなくて。手持ちはないけど、いま家のものが持ってきて——」

「いや、だからそういうことじゃなくてー！」

そのほうがもっと申し訳ない気持ちになるんだから、と訴えながら首を振る。

「あ、それとも違うお店のほうがいい？　足りないならもっと用意するけど」

「ちが……っ、もー、馬鹿たれかあんたは！　それがギャグならつまんねーぞ！」

暴言を吐いて、きょとんとした尊の額《ひたい》をばしりと叩く。

どうして叩かれたのか理解していない様子の尊は、怪訝そうにしながらも車をここに呼ぶのを一旦とりやめた。

なんとか終話させることに成功したものの、疲労感がとてつもなくて、青葉は肩で息をする。

「遠慮しなくていいのに」

「遠慮じゃないです。馬鹿な金持ちってほんと性質悪いな……！」

お言葉に甘えて遠慮なくこき下ろすと、尊は目を丸くしたあと、怒るでもなくころころと笑いだす。そこは無礼なことを言うなと怒ってもいいはずのところなのに、やけに楽しそうだ。

「なんで笑ってんですか」

「あ、ごめん。普段あんまり俺にそういうこと言う人っていないから新鮮で」

確かに、アイドルのような扱いを受け、羨望や憧憬《どうけい》の眼差しばかり送られている。

自分もまた、それをばかばかしいと思いつつも、彼を美しいと感じていた。

けれど、本当の尊は顔に似合わず情けなくて、すぐ涙目になる。仕事はちゃんとするけれど、折衝に弱くて身内だけになるとすぐ駄々を捏ねるのだ。けれど、そのギャップが面白いとも思えたし、嫌いではない。寧ろ、好ましいとさえ思った。

「……俺ね、実はそれで青葉のこと気にいっちゃったんだよね」

「え？　いつですか」

尊がはにかみながら視線を逸らす。

「いつって、初対面のときだよ？　ちょっと嫌味に聞こえるかもしれないけど、俺に遠慮せずに物言う人ってあんまりいないし」

「先輩たちがいるじゃないですか」

「だって、あいつらは幼馴染みだもん。初対面では珍しいよ」

それはそれで不幸な環境かもしれない。改めて、経ヶ峯たちがいてくれてよかったなと思う。

「はっきり物言う子って、嘘つかない感じがして好きなんだ」

はっきり物を言っても嘘くらいつきますよと思いつつ、さりげなく好きだと言われたことに狼狽《ろうばい》してしまう。

「それに、青葉は俺の情けない姿を見ても幻滅しなかったし……幻滅するほど俺のこと知らなかったたっていうのもあるかもしれないけど」

それは、きっと青葉に限らずみんな同じ行動をとるのではないだろうか。がっかりする人もいるかもしれない。けれど、完全無欠の生徒会長の隠れた人間味を見たら、それが多少情けなくても好感を持つ人がいるだろう。

けれど、青葉はそれを口にはしなかった。青葉が特別なのだと誤解されているのならそのままでいたいと、そう思ってしまったからだ。

「幻滅なんてしませんよ。会長のそういうところ面白いし、好きですよ」

「えっ!?」

ぽろりと零した本音には、本当に深い意味は込めなかったので、青葉は慌てて首を振る。

「いや違いますよ、そういう意味じゃなくて」

「わ、わかってるよ、うん。平気」

必死に否定した青葉に、尊はいつも通りの顔で優しく笑う。

一瞬で否定したことを、青葉は少し後悔した。もう少し、黙って様子を見ておけばよかったかもしれない。わかっている、という尊の返答に、明確に傷ついた自分を知る。

「……それはさておき、その服、どうにかしようか。これでよかったら着て」

「ちょ！　いいですすってば」

「下にTシャツ着てるから、大丈夫だよ」

上に羽織っていたシャツを脱ごうとした尊を慌てて止める。この間のように借りて、またどきどきしてしまったら、今度は本当にわかりやすく顔に出てしまいそうだったからだ。

けれど、濡れたままの姿でいても、尊に気を遣わせるかもしれない。

どうしたものか逡巡し、視界の端に移った建物に青葉は手を打つ。

「会長、じゃあちょっとあそこ寄ってもいいですか？」

「え？　なになに？」

青葉が指差したのは、動物園内にある売店だ。ステーショナリーグッズやぬいぐるみ、お菓子などのほか、園オリジナルのTシャツが売られているのを、先程見たのだ。

「これ買います！」

色褪せたようなピンク、水色、レモンイエローのシャツが並んでおり、そこには園の名前といつデザインしたのかわからない古めかしいイラストがプリントされている。

正直言って、ダサいの一言では片づけられないくらいひどい代物であったが、濡れた服を着たままで尊を気に病ませるよりはずっとましだ。

——見ようによっては可愛く見えないこともな……くはないこともないかもしれないし。うん。

大人用のサイズはピンクと水色しかなくて、ここは迷う余地なしとばかりに水色を選ぶ。しかし改めて見るとそのセンスのなさに心が折れそうになった。

「じゃあちょっと買ってきま……」

尊はじっと青葉の持っているシャツを見つめている。

元を正せばこんな服を着る羽目になったのはこの男のせいだった。青葉は「会長も着ますか？」と意地悪で言ってみる。

「え？」

「会長がこれを着こなすところ見てみたいです！　俺！」

とんだ無茶振りだとは分かっていが、冗談交じりにリクエストをする。

尊は青葉の手の中にあるシャツと、ディスプレイされているシャツを見比べ、本当に手に取った。そうしてさりげない動作でひょいと青葉のシャツを取り、会計へ向かってしまう。

「え、会長！　俺の分は俺が払いますって！」

「いいから、ここは大人しくおごられなさい」

「会長～……」

青葉が食い下がるのを黙殺して、尊は会計を済ませてしまった。

ビニール袋に入れられたそれを、機嫌よさそうに渡してくる。

「……あ、ありがとうございます」

「早く着替えよう。風邪ひくから」

はい、と頷いて、青葉はその場で新しく買ったシャツに着替えた。生地も薄っぺらく、あまり値段相応とは言えないが、濡れた服よりはましという程度か。よりによってこれが最初のプレゼントとは、捨てようにも捨てられなくて非常に惨い。

そして何故か、着替える必要がないはずの尊も同じ色と同じ柄のTシャツに着替えはじめた。

童顔で小柄な青葉もなかなかに厳しいものがあったが、まるでモデルのようなプロポーションと面相の尊が着用すると、更に破壊力が増すようだ。

尊であればどんな服でも着こなせる——と言ってあげたいところではあったが、昭和臭《しょうわ》漂うイラストが描かれたTシャツは、致命的なほど尊には似合っていなかった。

美形でもカバーできないほどの殺人的なセンスのTシャツをあまりに凝視したせいか、尊が怪訝そうにこちらを見やる。

「どうかした？」

「どうかしたと言われれば色んな意味でどうかしているとも思うのですが、なんかこんな姿、会長のファンに見られたら俺殺されそうだなと思って」

正直に申告してみたが、尊はきょとんと首を傾げるばかりだ。そのしぐさに、何故か胸が大きな音を立てて跳ねる。

そんな己を怪訝に思いつつ、青葉は着用したシャツを引っ張った。

「お揃いですね」

そんな風に行ってみると、尊は一瞬の間をおいて顔を赤くする。

「どうしたんですか？」

「だ、だって……ペアルックとかって、なんかさ」

みるみるうちに赤くなった顔を逸らして、尊が口元を隠す。

——自分で着たくせに……！

ZOO
ZOO

うっかりつられて照れてしまい、青葉は唇を引き結んだ。

改めて考えると、お茶をかぶったのはともかくとして、少々デートっぽい雰囲気だった。そんなことに互いに浮かれてしまっていたと気付いたのは、それから間もなくのことだった。


「――青葉！」

動物園に行った翌々日の月曜日の放課後、戸が壊れるのではないか、という勢いで保健室に飛び込んできたのは、尊だった。

「会長……？　なんで」

「なんで、じゃないよ！　大丈夫？」

焦った様子で尊が歩み寄ってくる。そして、サポーターの巻かれた青葉の足もとにしゃがみこんだ。既に事情を知っているらしく、一瞬ぐっと泣きそうな顔をする。けれど、今ここにいるのは青葉だけではないので、表情はそれ以上崩さない。

尊は平常時の表情に戻り、保健委員として付き添いを申し出てくれた早瀬に視線を向けた。早瀬は「何故ここに会長が？」と怪訝そうにしている。

「青葉の怪我の具合は？　階段から落ちたって……」

「……ちょっとひどい捻挫《ねんざ》です。本人は平気って言ってますけど」

早瀬は尊に緊張しながら、微かに険のある声で青葉の症状を口にする。

「校医の御木本《みきもと》先生に診てもらおうかって言ったんですけど、本人がいいって言うからひとまず様子見です。湿布貼ったけど、痛くなったらちゃんと病院行ったほうがいいんだからな。捻挫って最初はあんまり痛くねえこともあるし」

前半は尊に、後半は青葉に向けて言った早瀬に、青葉は面目ないと頭を掻いた。

「うん、悪いな早瀬。ありがと」

早瀬はペンの頭で顳顬を掻きながら、「会長」と口を開いた。

「……青葉と仲いいんですよね？」

早瀬の問いに、尊は何故かむっとした様子だった。

「まあ。同じ執行部だからね」

尊の返事を受けて、早瀬がふうん、と相槌《あいづち》を打つ。早瀬は尊のことを好いていて、かつては青葉にちょっかいをかけていたはずだった。けれど今は友人となり、より身近な青葉に情が移ったらしい。

言うなよ、と視線で訴える。

「もうちょっと、ご自分の影響力とか考えて行動したほうがいいと思うんですけど」

「早瀬！」

反射的に咎めた青葉の声に、尊が柳眉を寄せる。尊が悪いわけではないのに。

「……わかってるよ」

「わかってるなら、なんで揃いの服とか着てんすか？　仲良くするなら、もうちょっとアフターケア万全にしたほうがいいと思うんですけど」

それは、青葉が階段から落ちたのではなく、落とされたのだと間接的に伝えていた。

早瀬の指摘に、尊がはっと目を瞠る。

動物園の帰り、尊と青葉は着替えたまま学園内に戻ってきた。多少時間をずらしたものの、別の意味で注目を浴びている二人を同日に見たものは多かったのだ。

青葉は膝の上に置いた拳《こぶし》をぎゅっと握った。

「別に、同じ服をたまたま来てたからってなんなんだよ。会長は悪くないだろ。俺が相手にするから、相手も調子に乗るだけだ」

「あんなクソダサいTシャツが偶然お揃いになるかよ。どんなセンスなんだお前。しかもご丁寧に売ってるところまでわかるし」

言い返した青葉に、早瀬が混ぜっ返した。

尊が硬い表情をしているのが気になって、おろおろとしてしまう。ややあって、尊が立ち上がった。

「……行こう、青葉。早瀬もありがとう。世話になった」

「いえ。友達ですから」

尊が青葉の腕を取る。そのとき走った痛みに、つい小さく悲鳴を上げてしまった。

え、と驚いた顔をして尊が手を離す。それほど力を入れたわけでもないのに、急に痛がったのだから当たり前だ。

「だから、階段から落ちたって言ったじゃないですか！」

たまりかねたように早瀬が声を上げる。

「え……青葉、服を脱いでくれない？」

「えっ、やだな先輩のえっち」

茶化して誤魔化そうとしたが、尊は表情を動かさない。きれいな顔をしているから余計に迫力を増した表情になっていて、青葉は少々怯みながらも睨み返す。

「……嫌です」

「見せたら責任感じるんでしょ？　だから嫌です」

「青葉」

明確に理由を口にして突っぱねる。

「これは俺が作った傷なんだから、会長が悪いとかじゃないんです。勝手に責任感じないでください」

尊が何事か言おうとするより先に、青葉が本来連絡したはずの波音が保健室に顔を出す。走ってきたのか、波音は息切れをしていた。

「あおば……無事かっ？」

「うん、平気」

尊をうかがいつつ返事をすると、波音は息を整え、大きく嘆息した。

「ひとまず平気ならよかったよ……いやー、焦った。尊先輩に途中で会ってさ、事情話したら走って行っちゃうし。俺全然おいつけなかった——って、どうしたん？」

変な空気、と指摘されて、尊も青葉も居住まいを直す。

怪訝な顔をする波音になにから説明しようかと言いあぐねていると、早瀬が手を挙げた。

「……とりあえず、もう戸締まりしたいんで」

早瀬の言葉に、青葉はよろよろと席を立った。尊と波音が慌てて支えてくれる。

保健室を出て、青葉は改めて早瀬に頭を下げた。

「あの、ありがとな。……それから、早瀬もあんま気にしないで。俺丈夫だしさ」

「ああ。まあ……お大事にな」

まだどこか躊躇う様子を見せながらも、早瀬は引いた。

不意に尊を見ると、彼は無表情で立っている。けれどそこに不機嫌な色が隠しようもなく存在していて、所在ない気持ちになる。

「青葉、今日は部屋で休んでれば？　生徒会にすごい急ぎの用事があるわけでもないんだし」

「いや、大丈夫だって。基本的には元気だもん。暇でやることないしさ、行くよ」

心配顔の二人に見守られつつ、足を軽く引きずりながら生徒会室へ向かう。足に包帯を巻いた青葉に、生徒会役員の面々がぎょっとした顔をして出迎えた。

いつもは不愛想なばかりの経ヶ峯も、瞠目《どうもく》して歩み寄ってくる。

「おい、どうしたんだ一体」

「階段で足くじいちゃって」

「馬鹿。さっさと座れ」

ほら、と経ヶ峯が椅子を引いてくれる。あの経ヶ峯が、と思いながらも有り難く座らせてもらうことにした。

腰を下ろすと、会計と書記の一年生が、お茶とお菓子をさっと出してくれる。その心配そうな表情に、かえって申し訳なくなってしまった。

出してもらったお茶を口に運ぶと、尊が「青葉」と名前を呼んだ。口調は穏やかなはずなのに、わかりやすく憤りを孕んだ声に、空気がぴりっとする。

「……やっぱり黄麟寮においで」

唐突に切り出した尊に、青葉は頭を振った。

「だから、そんな大げさにすることじゃないです。今日は、失敗しただけで」

「失敗？」

「後ろから突き飛ばされて、慌てて手すりつかんだんですけど、なんか変な感じに足ついちゃって」

もしかしたら、突き飛ばしたほうも転がり落ちた青葉に焦ったかもしれない。普段ならばあまりしないようなミスだったが、本当にうっかりしてしまった。

「だからそれは、今まで運がよかっただけの話だろう？　これからどうなるかわからないんだ。だったらせめて、寮を変えたらどうだろうか。黄麟寮なら、少なくとも安心していられるだろ」

「でも」

「……大怪我してからじゃ遅いんだ！」

強めの語調に、思わず身が竦む。いつもは情けないぐらいの物腰の男の叱責に、青葉は咄嗟に言葉が返せない。

生徒会の面々も、珍しく声を荒らげた尊に目を丸くしている。

一方的な物言いに、青葉は憮然とした。

尊が心配してくれているのはわかっている。けれど、あまりに一方的な物言いに、青葉も意地になってしまうのだ。

「だから、平気だって言ってるじゃないですか。今日が例外だって。それに、当初に比べれば相当少ない頻度ですよ」

そこには、ちょっとした嘘があった。

数は確かに減った。けれどそれはライトな嫌がらせが淘汰《とうた》されただけで、残ったものはしぶといだけのことはあり、悪質なものもある。

以前はそれでも、さほど危険な真似はしてこなかったはずだ。もし怪我人が出て、それがいじめによるものだとわかれば学校の評判が地に落ちる。

金持ち校で、進学率も全国屈指のエリート校なのだ。マスコミで取り上げられ、必要以上に面白おかしく書きたてられるのは必至だ。

けれどそれを度外視してでも青葉に攻撃を加えたくなったのだろう。大怪我をしてもいいとばかりに、今回は階段の最上段から突き飛ばされた。

「悪運だけは強いらしくて、この程度の怪我で済みました」

なるべくなんでもないことのように言ってみせるが、尊は複雑そうな表情で波音に顔を向ける。

でも実際に、そう悲嘆すべきことでもないのも本当だった。皆無に等しかった味方だって、どんどん増えている。最初は殴り合いになった早瀬や、先日青葉をプールに突き落とそうとした同じ寮の三年生などもそうだった。

けれど尊は納得せず、今度は波音に矛先を向ける。

「波音は、突き落とされるところ見たんだろ？　誰がやったのか……相手は知ってるの？」

「……いや？」

波音が嘘をついているのかどうかは青葉にはわからない。ただ、青葉がその男の名前を知らないのも本当だ。

尊は息を吐き「知ってるだろ」と言い切った。

咎めた尊に、波音は眉を寄せる。後ろから撃つような真似だとは思いつつ、青葉は口を挟んだ。

「波音が知ってるかどうかは置いといて、知ってたらどうするんです？　犯人捜ししてどうするんですか？」

「……ちょっと冷静になって考えてみなよ尊先輩。青葉がそれを望んでないなら、それは尊先輩の身勝手だよ」

「波音。言い過ぎだ」

経ヶ峯が窘めると、波音は笑みを張り付けて「ごめんなさーい」と首を傾げた。

「だが、あまりことを荒立てることはない、と俺も思う」

「経ヶ峯。人一人の安全と、学校の評判なんて秤《はかり》にかけるまでもないだろ」

尊の非難に、経ヶ峯はぴくりと眉を動かす。

「心外だな。冷静になれよ。俺が言っているのはそういうことばかりじゃない。お前が表立って動けば、寝た子だって起きかねないという話をしているんだ」

「呑気に傍観して、これ以上の怪我をさせられたらどうする」

「じゃあそれは青葉を黄麟寮に移せば解決する話だっていうのか？　それこそ、寝た子を起こすことになると思うがな。寮外でのことやお前が卒業した後のことは、どうするつもりなんだ？」

睨みあう二人に、青葉は慌てて割って入った。

「あの、俺なら大丈夫ですから」

執り成したつもりが、二人から睨まれて口を噤む。

「大丈夫じゃないだろ。全然。自分の姿見て同じこと言ってごらん？」

満身創痍《まんしんそうい》の己を思い返せば、確かに嘘だ。ごめんなさいと素直に謝ると、尊は深く溜息を吐いた。

「そんなに俺のこと信用できない？　頼りない？　そりゃ、確かに頼りないところは見せてきてるかもしれないけど」

「そういうことじゃなくて……会長こそ、俺がそんなに信用できないですか？」

本当に、青葉はそれほど事態を大袈裟に見てもいないし、傷ついてもいない。

ただ、心配をかけたくないだけなのだ。なにより、今更だとわかっていても、これ以上厄介だと思われたくない。面倒だと、嫌われたくないのだ。

けれどそれを正直に言い募れば、自分の下心が透けるかもしれない。そう思うと躊躇してしまう。

「俺にだって友達がいます。前より助けてくれるやつらだって増えたし」

「……早瀬とか？」

「え？」

唐突に出てきた名前に、青葉は虚を衝かれる。何故名指しで早瀬なのかと思いながらも、頷いた。

「そうです。波音もだし、広瀬も――」

尊は深々と溜息を吐き、「わかった」と言った。すっと引いた表情に、青葉は困惑する。

尊と青葉の間に、なにか見えない壁が出来たような気がした。

「あの、会長」

「余計なことはもう言わない。……好きにしたらいい」

今更になって、追いすがった青葉の手を振り払うような言葉に、身が竦む。

それを望んで仕向けたはずだったのに、身勝手にも傷ついてしまった。

結局その後、執行部の定例会が終わるまで――終わった後も、尊と視線が交わることはなかった。

先日の件以来、尊はあまり青葉に近づいて来なくなった。そして、気の置けないメンバーの前ではいつも素に戻っていたのに、それすらもしなくなった。

それはもしかしたら自分がいるから。そう思うと、尊に「仲間」というテリトリーから弾き出されたのだと思い知って、胃がしくしくと痛んでくる。最初に彼の手を拒んだのは自分だというのに。

「……会長、資料まとめました」

「うん、ありがとう」

返された言葉に会釈をして、青葉は尊をしばし見つめる。そして、反応が返ってこないことを確信して踵を返した。

もの言いたげな青葉の視線に気づいているはずなのに、尊はなにも言わない。自分は丸ごと、そこには存在しないものだと言われているような気がして、青葉は唇を噛む。

――やっぱりそうだ……会長と、全然目が合わない。

あの日から、尊と目が合わなくなった。今までは気づけば目が合っていたのに、どれほど尊を目で追っても視線がかち合わない。

それは、間違いなく尊が意図して青葉を見ないようにしているからだ。

意地を張り、問題ばかり起こす自分に呆れたのだろうか。

けれどそれは青葉に起因しているばかりの問題ではないのに。そう反論したくても、彼自身がなにかを言ったわけでもないのに、なにを言い訳できるというのか。

——やっぱり……嫌われた、のかな。

自覚すると、胸が痛くなる。けれど自分で招いたことだと思えば、傷つくこともできない。

「経ヶ峯。これよろしく」

「ああ」

差し出された書類を受け取り、経ヶ峯が視線を落とす。それから、ふむ、と顎を引いて経ヶ峯は青葉を見やった。

「青葉。ちょっといいか」

「はい」

「資料探しに行くから、図書館棟まで付き合え」

「……はい」

青葉は、経ヶ峯と連れ立って図書館棟まで出向く。A4判の用紙に書かれたリストにある書籍を、経ヶ峯と手分けをして探す。

本当は青葉一人でもできる仕事だが、ガードも兼ねて経ヶ峯もついているのだろう。

だから、青葉ではなく経ヶ峯に伝えたのだ。

そう納得しようとするが、やはり尊が直接青葉に声をかけなくても済むような措置が取られた、と思ってしまう。

ふう、と息を吐くと、経ヶ峯が顔を顰めた。

「そんなにいやそうに溜息をつくな。感じが悪い」

「いやそうって……そんなつもりじゃないです」

経ヶ峯に思うところはないのだと返すと、彼は小さく溜息を吐いた。

「まあ、気持ちはわからんでもないがな。こんなあからさまに避けられたんじゃ」

「えっ！」

図星を衝かれて、青葉は手に持っていた書籍を取り落した。

「おい！　なにやってんだ」

「あ、す、すみません」

落ちた本を慌てて掻き集めると、経ヶ峯は呆れ顔を作りつつも拾うのを手伝ってくれた。

「……やっぱり、気のせいじゃないですよね」

「なにがだ」

「……俺が、会長に避けられてるのが、です」

わかってはいたが、他人にそれをはっきり指摘されると気が滅入る。

経ヶ峯は拾った本の一つでぽこんと青葉の頭を叩いた。

「気にしすぎだ」

「……はい」

そう返しながらも、納得できない気持ちが滲む。それに、今まであれば直接伝えてくれたことを、先程のように経ヶ峯を介することが増えた。

私語をすることもなかった経ヶ峯と、このところやけに話しているのはそのせいだ。尊といた時間が、すべて他の誰かに代わっている。そうなってみて初めて、尊が随分と自分の面倒を見てくれていたことに気が付いた。

泣きたくなって、青葉は堪えるように唇を噛む。

「泣くなよ」

「泣いてませんよ」

そう言いながらも、洟をすすってしまう。経ヶ峯は面倒臭そうに嘆息しながらも、綺麗にアイロンの当てられたハンカチを差し出してくれた。

彼自身でちまちまとアイロンを使っているのだろうかと想像したら少し面白くなって、青葉は吹き出す。

「泣いたり笑ったり忙しいやつだな」

「すいません。あとありがたいんですが、辞退します。経ヶ峯先輩のファンにまで睨まれたら俺死んじゃいますから」

「そうか。まあ、俺はどちらでも構わないが」

言いながら、経ヶ峯がハンカチをしまう。

笑いつつ、今なら深刻にならずに言えるだろうかと、ずっと飲み込んできた言葉を口にした。

「俺……きらわれちゃったんですかね」

ぽつりと落としたその言葉に、経ヶ峯が目を瞠る。自分で言ったその言葉に傷ついて、青葉は俯いた。そういうことなのだ、という確信も抱いた。

面倒な問題ばかり起こすから、きっと尊は青葉のことが嫌いになったのだと。

自覚してきりきりと胃が痛んでくる。

「そんなことないだろ」

経ヶ峯が、優しく頭を撫でてくれる。らしくないその言動に、青葉が固まっていると、経ヶ峯は不思議そうに首を傾げた。

「なんだよ」

「いや……なんかもしかしたらこのまま頭をつぶされるんじゃないかと」

「……お望みとあらばしてやろう。金剛圏のごとくな」

「いでででで！」

ぎりぎりと頭を締め付けられて、青葉は悲鳴を上げる。どうしてこう余計なことを言ってしまうのだろうと後悔したものの、言うほど経ヶ峯が怒っているわけではないようで安堵した。

それなりに気を遣って接してくれているのがわかって、つい笑ってしまう。

資料を手に生徒会室へ戻り、経ヶ峯に後押しされて、青葉は尊の元へと足を向けた。

「あの……かいちょ」

話しかけようとした途端に、あからさまに視線を逸らし、立ち上がり、花京院と鷹新道の元へと足を向けた。おい、と珍しく経ヶ峯が焦った声を出す。

行き場を失くした青葉は、経ヶ峯に八つ当たりする。

「やっぱり、避けられてるじゃないですか……」

「いや、だからといって嫌われているというわけではない、だろう」

「さっきのあの態度を見てもそんなこと言うんですか。俺の目を見てはっきり言ってみてくださいよ」

なかばやさぐれつつ言うと、経ヶ峯は頭を掻いて嘆息した。

「……とにかく、あいつだって人間なんだ。たまに不機嫌なときくらいある。でも、それとお前のことが嫌いになったかどうかは別だろ」

「そうですかぁ？」

疑わしいとばかりの声を出す。

「それに、本当に嫌いになったのであれば、ここから叩き出すだろ」

ぼそぼそと会話をしながら、それもそうか、と思い立ち、青葉は尊の元へ行く。

「会長」

青葉が呼ぶと、尊は無言で顔を上げた。じっと青葉の瞳を見つめ、そしてまた自分の席へ戻るためにその場から離れようとする。今度こそ青葉は後ろをついていった。

着席し、尊は書類を手にしたまま「なにかな」とおざなりに言う。

その態度にむっとして、青葉は尊の机を思い切りたたいた。掌が痛かったが、その甲斐《かい》もあってか尊とようやく視線が合う。

「いい加減、無視するのやめてください」

「無視なんてしていないよ」

あっさりと嘘をついた尊に、青葉は苛立ちもあらわに睨みつける。

「じゃあなんで俺と目を合わせてくれないんですか？」

しらばっくれるなと、青葉は尊の袖を引く。

瞬間、思い切り手を弾き飛ばされた。ぱしんと乾いた音が室内に響く。

手を叩かれたような恰好になって、青葉は茫然としてしまった。その場にいた全員が目を瞠り、沈黙が落ちる。

流石に叩く気はなかったようで、尊がはっとして腰を上げた。

「すまない。叩くつもりは」

痺《しび》れた指先に、青葉は歯噛みする。

手懐けて、懐いたら興味がなくなったから捨てるということなのか。尊がそんな意地悪な思考を持っているとは思えないけれど、涙が出そうになった。

こんなことくらいで泣きそうになる自分が信じられなくて、俯く。

「……俺だって、別に好きでこんなとこにいるわけじゃない」

顔を挙げたら滲んだ涙を見られてしまいそうで、青葉は足もとを睨みつけたまま声を絞り出した。

生徒会には、青葉が入りたかったわけじゃない。

仕事も多いし、睨まれることは増えた。友達が出来、先輩方といるのも楽しかったけれった。


ど、本当は、尊と話ができるのが一番楽しかった。

だから、尊に避けられれば辛くてたまらなくなる。

「あんたのこと、ばらしたりしない」

そもそもは、尊が本当は「完璧な生徒会長」ではないことを知ってしまったのが原因だった。

尊は、本当は甘えん坊で、しまりのない顔で笑って、小動物が好きで、甘いものに目がなくて、情けないところはあるけれど、でもそこが憎めなくて。

みんなが好きな「完璧な定禅寺尊」ではなくて、青葉はそんな尊が好きだった。

「……絶対に言わない。だから、もういいだろ」

尊はなにも言わない。

「もう、やめる。生徒会」

涙のせいで、喉が震えた。ぐっと唇を噛み、堪えていると尊が椅子に座る気配がした。

そして、数秒の後に「わかった」と低い声が返る。

「好きにすればいい。他の面子には、俺から言っておくから、もう帰っていい」

「――……っ」

あっさりと承諾されて、青葉は絶句する。

でもまだ仕事途中のものがあるから、と返そうとしたが、涙が堪え切れそうにない。青葉は顔を背けた。

最後の日になるのなら、今日は自分の職務を全うしてからにしたい。それから辞めてやる、と威勢よく啖呵《たんか》を切ってしまいたかったのに、泣くのを我慢できそうにないのが自分でもわかって、青葉はすばやく頭を下げて生徒会室を出た。

ぼろぼろと落ちてきた涙が、廊下の絨毯にしみを作る。このまま黄麟寮にいれば誰かと顔を合わせてしまいそうで、そうなれば言い訳も思いつかなくて、青葉は逃げるように出入り口へ向かった。

青竜寮へと続く渡り廊下を走っている間にも、涙がとめどなく溢《あふ》れてくる。

「——っと、ごめ……青葉?」

下を向いて走っていたせいで、真向かいから歩いて来た波音とぶつかってしまった。体格はそう変わらないはずなのに、青葉だけが弾き飛ばされて尻もちをつく。手を貸してくれた波音が、いぶかしげに青葉を呼んだ。

「どうしたの？　なにかあった？」

もはや隠すこともできなかった泣き顔を覗き込まれ、青葉は慌てて顔をそむける。

「あ、」

「なんでも、ね」

「なんでもないことないだろ。どうしたんだよ。生徒会室いこ」

「やだ！」

大声を出した青葉に、波音が目を丸くする。腕を引かれてなんとか立ち上がったが、戻れる筈もなくて頭を振った。

「俺、もう生徒会、馘《くび》になったし」

だから戻れない、と涙声で言うと、波音が眉を顰めた。

「馘……？　なにそれ？　誰が言ったの」

「会長、が。でも、俺が辞めたいって、言った、んだけど」

引き留めてもくれなかった尊を思い出し、再び涙が込み上げてくる。波音はそれだけで察したのか、少し呆れた表情を作った。

「あーもうほら、泣くなって」

ひぐ、としゃくり上げながら訴えた青葉の顔に、波音がタオルハンカチを当ててくる。汚れるからと断ったのに、波音は「ほっとけるか」と言いながらぐしゃぐしゃと無造作に顔を拭いてくれた。

乱暴なのに優しくて、青葉は必死に涙をのみ込む。波音からハンカチを受け取って口元に当てながら、息を吐いた。

「……ごめん、ちょっと落ち着いた」

「そ。ならよかった。で、どうしたんだよ」

波音に促されて、青葉は生徒会室であったことをぽつぽつと話し始める。順序立てて話をしなくていいから、と言われて、取り留めもなく説明をした。

改めて話してみるとしょうもない口喧嘩で、冷静さを欠いていたという自覚も出てきて、どんどん口が重くなる。

もっとも、以降出てくるのは愚痴や言い訳でしかないこともわかっている。

「売り言葉に買い言葉じゃん。馬鹿だね」

「どーせ俺は短絡思考ですよ」

「いや、どっちもだよ。尊先輩も馬鹿だ」

みんなの会長様をばっさりと切り捨てて、波音が頬を掻く。自分はともかく、尊はそんなことないだろうと思いつつ見返すと、波音は苦笑した。

「ヘタレでも、素直なのが取り柄だったんだけどねえ……青葉には違うんだ」

「なにが？」

「小学生男子の発想だよ」

持って回ったような言い回しをする波音に、青葉は眉を顰める。

「もっとも、自分でもどうしたらいいのかわかんないだけかもしんないけどね。案外バランス悪いんだよね、あの人」

「だからなにが？」

焦れて問うたのに、波音はしたり顔で青葉の頭を撫でるばかりだ。

「それはさておき、どうする？　生徒会室戻る？」

「でも」

「尊先輩も本気で言ったわけじゃないって。あと、いくらなんでもそこまでの権限はないよ。採用は簡単でもリコールっていうのは難しいんだ。まあでも無理にとは言わないけど」

生徒会役員のリコールはいくら生徒会長はとはいえ独断で処せるものではないらしい。

その言葉にほっとしたものの、今更のこのこと戻るのも気が引けた。

そんな青葉の気持ちを察したのか、波音がしょうがないなと肩を竦める。

「仲直りは早めにしといたほうがいいけど、すぐに顔を合わせんのもきついよな。うまく執り成しといてやるから、明日には立ち直っておけよ」

「うん……ごめん、波音」

「だーから、泣くなっつうの」

波音は青葉の首に腕をかけて引き寄せてくる。

「ほら笑えって。なんなら俺が尊先輩の代わりに恋人になってやるから」

わしゃしゃしゃ、と言いながら波音は青葉の髪をかき乱す。恋人と言うよりはまるでペットじゃないかと苦笑する。

「じゃあもう波音でいいや」

「妥協したみたいな言い方すんな！　この！　このやろ！」

「ちょ、やめろまじでっ」

更に頭をぐしゃぐしゃにされて、青葉は笑いながら波音とじゃれる。

嫌がらせが極端に減って、油断しすぎていた。そのことに二人が気付くのは、それから数日後のことだった。


幸い軽傷だった捻挫はすぐに治ったというのに、それをきっかけに捻じれてしまった関係は戻らなかった。

青葉はまだ生徒会に籍を置いているが、尊は青葉と目を合わせないままだ。青葉は相変わらず、会長以外との親睦ばかりを深めている。

「青葉、生徒会室いこ」

「うん。今日なにするって？」

ＨＲが終わると同時に波音から声をかけられ、鞄を手に取りながら腰を上げる。ロッカーにものを入れると荒されるので、いつものように机の中身を全て鞄の中に入れた。前よりも嫌がらせが緩和したとはいえ、油断は出来ない。

「そろそろ生徒総会の時期だから、予算案組むのにデータ入力手伝ってほしいって鷹新道が言ってた。ああいうのって簡単なプログラムとか組めないのかね」

「できなくはないだろうけど、下手にオリジナルでプログラムなんて組まないほうがいいよ。いずれ管理できなくなるから。表計算ソフトか手書きが一番間違いない」

「おー、なんかそれらしい意見。そういえば青葉ってそういう特技あったね。忘れてたけど」

情報処理部が保守運営をすればいいのでは、けれどあの部がどれほど存続するか保証がないから微妙なところだろう、と適当な話をしながら、生徒会室へと足を向ける。

「――小西」

教室を出る寸前に、早瀬に呼び止められた。

「お前に客だってよ」

「客……？」

波音と顔を見合わせつつ廊下に出ると、中等部の制服を着た、小柄な少年が立っていた。

勿論、青葉と面識のある相手ではない。多少怪訝に思いつつ、青葉は彼の前に立つ。

「なにか用？」

「あの！　小西先輩、その」

「……君、朱雀寮の中等部の子だね？」

傍らに立っていた波音が、にっこりとしながら言う。

「波音の知り合い？」

「いや、話したことはないかな。ええと、高山《たかやま》くんだっけ？」

波音が名前を言い当てると、高山少年はやけに動揺したそぶりを見せた。可愛らしい面立ちを強張らせ、真っ青になりながら視線を彷徨《さまよ》わせる。

「青葉に、なにか用かな？」

ずい、と顔を近づけながら言う波音に、「ひっ」と小さな悲鳴を上げて高山が後ずさる。

波音が笑顔で好戦的な態度を取るのは珍しい。なんだかんだ言って、それだけ心配させているのだろうなと思いながら、青葉は高山に向き合った。

「俺になんか用なんだろ？」

「は、はい！　あの、小西先輩って、アメリカで医療用のプログラム作ったって本当ですか？」

しどろもどろと言った様子で問うた高山に、青葉は目を丸くする。

「そうだけど……よく知ってるな」

「あらまあタイムリー。――で、それがなに？」

にこやかだがどことなく冷えた声で問う波音に、高山が背筋を伸ばす。

「あの、俺、情報処理部に所属してるんですけど……できれば、青葉先輩に色々と教えていただきたくて、それで」

「――部活勧誘はもう時期外れだろ？　それに、青葉は準役員とはいえ、執行部員なわけ。掛け持ちの交渉は正式に生徒会を通してやってくれるかな？」

最後まで言わせずにそう切り捨てて、波音が微笑んだ。背丈は高山とそう変わらないはずなのに、冷笑には無言の迫力がある。

高山はすっかり萎縮した様子で、顔を真っ青にしながら足元に視線を落としていた。けれど、引き下がることもなくその場に留まっている。見かねて、青葉は波音の袖を引いた。

「……あのさ、部に入らなくてもいいんだろ？」

「青葉」

咎めるような口調で名前を呼ばれ、青葉はわかってる、と目で応える。

「俺も予定があるからあんまり長いこといらんないけど、それでもいい？」

「は、はい」

「青葉！」

ぐいと腕を引かれ、波音が青葉の耳元へ顔を寄せる。

「……こんな、いかにも怪しい話に乗るとか、お前馬鹿なの？」

「わかってるよ。なんかあるだろ……でも、俺が断ったらこの子どうなんの？」

恐らく、上級生の命令で来ているのだ。この学校はただでさえ年功序列の傾向が強い。中等部の生徒が高等部の先輩の命令に逆らえないのは明白だろう。

おそらく波音はそれも察していて、それほど強固に反対はしなかった。波音は深々と溜息を吐いて、「お人よし」と言い捨てる。

それでも自分を見限らない波音も相当なものだと思いつつ、青葉は耳打ちした。

「だから、もし三十分経って俺が戻って来なかったら、悪いけど探しに来てくんない？」

「お前な……自分で処理できないってわかってて乗るなよ。助けるしかなくなるだろ」

お人よしはどっちだよと笑い、頼むよと重ねる。波音はしぶしぶながら引いた。

先日の一件以来、生徒会役員だけが特例で持つことのできる携帯電話を、青葉も所持する許可をもらった。それにはＧＰＳ機能も付いているが、精度はそれほど期待できる代物ではない。

面倒かけると波音に告げ、青葉は「あまり時間は取れない」と断ったうえで高山と一緒に情報処理部の部室であるＬＬ教室へと向かった。

ＬＬ教室は、特別教室棟と呼ばれる校舎の二階にあり、本校舎から連絡通路を通っていく。放課後ともなると、同様に部室として使われているところ以外に生徒が立ち入らないので、随分と静かだ。

「……情報処理部は何人くらいで活動してんの？」

声をかけると、高山はびくりと肩を震わせた。

「あの……そんなに、多くはないです。中高と合わせて十人ちょっとくらいしか」

答えた高山に、青葉はちょっと意外に思った。無関係の後輩を捕まえた可能性があると思ったが、本当に情報処理部らしい。ということは、呼び出したのも同じ部の高等部の生徒なのだろうか。

「ふうん。普段なにしてるの？」

「えと、基本的には適当にプログラム組んだりとか、してます。うちの学校、携帯とかＰ

Ｃは使えないんで、生徒向けのＨＰとかあるんですけどあんまり意味はなくって」

しどろもどろになりながらも、高山は懸命に青葉の質問に答えてくれる。

けれど目が合うと非常に辛そうな顔をするので、やっぱりこれは飛んで火にいる夏の虫、というやつなのだろうなと青葉は内心で溜息を吐く。

「心配しなくていいよ」

ついそんなフォローをすると、高山が顔を上げる。

「なんとかなるって」

特に根拠はなかったが殊更呑気そうに言ってやる。高山は少々戸惑いを見せたが、ようやく小さく笑った。

「ここ？」

ＬＬ教室の前で立ち止まり、指を差す。

正直なところ、本当にＬＬ教室に案内されるとは思わなかったので拍子抜けした。

精密機械を置いているからか他の特別教室よりもドアが厚く、空調が効いている。ドアにつけられているのはすりガラスで、中が覗けない仕様だ。もしかしたら防音室にでもなっているのだろうかという懸念はあったが、ひとまず中に入ることにする。

「お邪魔します」

そっとドアを開けると、中には誰もいなかった。

首を傾げる間もなく、陰から出てきた男に床に引き倒される。

「……っ！」

絨毯の敷かれたところとはいえ、受け身が取りきれずにダメージを食らう。

起き上がろうとしたが、腰の上に伸し掛かられて、後ろ手に拘束された。

「おい高山、早くドア閉めろ」

肩越しに振り返ると、廊下にいた高山が怯えた顔でこちらを見ていた。

大きな目からはぼろぼろと涙が零れていて、はめられたのは青葉のほうだったが哀れになってくる。

「早くしろ」

再度命じられて、高山は首をすくめ、慌ててドアを閉める。

もう一人潜んでいた生徒が、用意周到に施鍵した。その音とともに急に圧迫感を覚えて、青葉は顔を顰める。

やはりこの教室は防音なのか、ドアが閉まると外の音は聞こえなくなった。まだ高山がいるのか、それともその場から離れたのかはわからない。

「いらっしゃい、小西青葉くん」

前に立つ生徒の顔には、あまり見覚えはない。眼鏡をかけた、少々神経質そうなタイプの男だ。

制服を見て高等部というのがわかるくらいで、同じクラスでもなければ同じ寮でもないのだろう、まったく面識のない相手だった。

「よ、久しぶり」

青葉を拘束し、起き上がらせた相手には見覚えがある。あ、とつい口に出した青葉に、男はちょっと意外そうな顔をした。

「なんだ、覚えててくれたのか」

「セクハラした三年」

もう名前を忘れていたので端的に言うと、男が憮然とした表情になる。名前を認知されていないほうが、この男たちにとっては好都合だろう。そう思っていたのに、眼鏡の男はあっさりと名前を言った。眼鏡のほうが三年の羽《は》鳥《とり》享《とおる》で、セクハラのほうが同じく三年の井深鎮磨《しずま》というらしい。

話をしつつ周囲に目を配るが、他に人はいないようだ。二人とも、それほど体格がいいわけでもなく、細身体型と言えた。大柄な相手では抵抗もしにくいが、これならば死にもの狂いになれば一矢報いることが出来そうだと目測する。

そう思えば余裕もできて、青葉は息を吐いた。

「……あんたらさぁ、いたいけな中学生を使うなよ」

可哀想《かわいそう》だろ、と言うと、羽鳥は眼鏡のブリッジを押し上げながら「確かに可哀想だな」と茶化すような言い方をした。

「つうか、よく情報処理部抱き込めたな。あの子をどうやって言いなりにしたんだ？」

青葉が問うと、二人は少々驚いた顔をした。

「なんだ、やけに落ち着いてると思ったら、罠だってわかってて来たわけ？」

「そこまで鈍くねーよ」

あんなあからさまにオドオドしていれば、馬鹿でもわかる。それに波音に名前言い当てられて、目に見えて焦った様子になったのが決定打だ。だがそれを言ったら彼が後々咎められるだろうことも想像はついたので、敢えて言わなかった。

「あんたも朱雀寮？」

青葉の問いに、羽鳥は「どうして？」と首を傾げる。

「さっきの子、朱雀なんだろ。波音が言ってた」

おそらく、青葉以外のものが居合わせていても、同じ寮でない限り中等部の生徒の名前をいちいち把握している上級生などいないと踏んだのだろう。たとえ同じ寮であっても、中等部の生徒まで網羅しているとは限らない。

「はー……波音様凄いな。全生徒把握してんのかな、まさか」

「そうなんじゃん？　流石波音様」

囮役《おとり》の素性がばれたところで、波音に自分たちの身元がばれているわけではないからか、男たちは青葉を押さえつけながら下卑た笑いを浮かべる。

「お前ら、あの子の弱味なんかにぎってるわけ？」

青葉が問うと、羽鳥は唇を歪めた。

「弱味っていったら、存在自体が『弱味』かな」

「……はあ？」

「あいつんちの親は、こいつんちの家業の従業員なんだよ。つまり、生まれながらにして立場が弱いってこと」

高山の親の雇用主が、羽鳥の親ということらしい。逆らえばどうなるか、とでも脅したのだろう。

道理で、余裕ぶっているわけだと合点がいく。家族が路頭に迷う状況に追い込まれることを考えれば、もしなにかあったときに告げ口など高山にできるはずがない、ということか。

「どうしようもねぇクズだな」

しかし、気になるのはその割に青葉に対してあっさりと素性をばらした、というところだ。意図が読めないまま、二人を睨みつける。

「そんなでかい口叩けるのも今のうちだぞ」

言いながら、眼鏡の男が懐からなにかを取り出し、手を振り上げる。

殴られる。

反射的に目を瞑ったが、いつまで経っても衝撃が襲ってこない。怪訝に思いながらそっと瞼を開けると、思ったよりも至近距離に男の顔があって青葉は息を飲んだ。

そうして、眼鏡の男は懐から取り出したもの――デジタルカメラで青葉を撮る。電子のシャッター音に、青葉は目を白黒とさせた。

「えっと……？」

もしかして、それで脅迫するネタを作ろうということなのか。背筋がぞっとする。

背後に控える井深に過去されたことを思うと、自分がなにをされるのか、その最悪の事態が思い浮かぶ。

流石にそれは洒落にならない、と身動ぎすると、カメラを持つ羽鳥の手が震えだした。

一体どうしたのかと訝ると、急にどぅえふふふ、と不気味に笑い始める。

「怯える青葉くんゲットー！」

「え、おぉ……？」

ちょっと予想外だった展開に、思考がついて行かない。一体どういうことなのかと何度も目を瞬かせてしまった。

「いい、いいよー。小柄でやんちゃな帰国子女転校生。おまけに、波音様とは別系統の可愛らしい顔立ちで、並んだときのバランスが神」

一体何の話だと、背後の井深を振り返る。井深はどこか達観したような顔をして、後ろから青葉の顎を摑んだ。

そして、ブレザーをはだけさせて、シャツの上から胸筋のあたりを鷲摑みにされる。

「おー！　いいねいいね！　とらわれてる感じいいね！　辱められそうな感じいいね！」

連写し始めた羽鳥は、目を爛々《らんらん》と輝かせている。もしかしてこのまま前回の続きか、と戦々恐々としている青葉の心配をよそに、井深の手は離れた。

「じゃ、じゃあ次は膝立ちになって、肩越しにこっちを振り返ってみてくれる」

「やんねーよ。ていうかなんだよこれ」

ポーズのリクエストをされるが、青葉は突っぱねる。羽鳥が「ええ！」と本気で驚いた顔をするので、青葉も面食らった。

「……じゃあ、とりあえずソーセージとバナナを一本ずつ用意したから、食べてもらっていいかな」

「なにが『じゃあ』なのかわかんないけど、お断りだ」

「なんならいいんだよ！」

「どれもいやだよ！　なんなんだよあんた！」

そもそも理由もなく写真を撮られるなんて冗談ではない。

「なんなんだって、ファンは大切にしないと駄目だよ青葉くん」

「ふぁん……？」

「華奢な肢体《したい》と可愛らしい顔に、いじめもあしらう図太い神経、意外と面倒見がよくて情に厚い、隠れ高スペックな青葉くんのファンです」

きりっとした表情で理解しがたい形容をされて、青葉は困惑した。

思わず逃げ腰になった青葉の足首を、井深に強く握られる。

「いっ……！」

殆ど治りかけていた箇所が、それでまた痛み出す。痛い、やめろ、と押し返すと、井深がようやく離した。鈍い痛みを訴える足首を押さえながら二人を見る。井深は悪びれず、羽鳥は青葉の顔を見て鼻息を荒くした。

「そういえば、この間階段から落ちたんだって？　大丈夫だった？　会長ファンて過激で痛いやつ多いんだよな。二人で動物園に出かけたって知ったからってこれだよ。そういうのって、ファン全体じゃなくて会長自体の評価も貶《おとし》めるってわからんのかね」

別に、青葉と尊の間には、嫉妬されるようなことはないだとか、他にも色々言いたいことはあったが、もはやなにからつっこんでよいのかわからず、青葉は閉口する。

「あれは波音派だろ？『波音様にまで手を出した庶民に制裁を』とか言ってたぞあいつら」

波音に手を出すなんて、まったくの言いがかりだ。けれどこの二人に反駁《はんばく》をしたところで意味がないので、青葉は歯噛みして睨みをきかせる。

「まあ、その点青葉派ってのは鷹揚《おうよう》だわな」

不可解なことを言いながら、井深が青葉の上着を脱がせる。

「俺に脱がされた後で、ばっちり色仕掛けしたんだろ？」

「は……？」

「定禅寺会長に足開いて、中杉山波音にも媚《こび》売って、忙しいやつだな」

服を脱がされて黄麟寮に逃げ込んだ話が、いつの間にか話に尾ひれがついて「黄麟寮に忍び込んで生徒会執行部を誘惑し、まんまと成功した」という話が一部に流布しているらしい。

「そうでもしないと、生徒会になんてもぐりこめるわけねえだろ」

「誰がそんなことするか！」

なにより、そういう下種な憶測こそが、彼らを貶めている。そんなことに気づきもしないで、青葉との仲を邪推するなんて滑稽だ。

「そもそも、男が脱いだところでなんの誘惑に」

「なるだろ。今だって」

ほら、と言いながら、制服のボタンを外され、脇腹や胸を触られる。ぞわぞわと悪寒がせりあがってきて、青葉は頭を振った。

「やめろよ、触んな！　あんたもこんなバカな真似させるなよ」

「他の男に奪われて尚、それでも支持するのが真のファンというものなんだ……！」

「いやまずだから基本前提がおかしい……って、おい、どこ触ってるんだよ。男の体だぞ」

「青葉くんクール！」

待てよ、と制止する声も聞かずに、井深は床に青葉を転がして、服を脱がせ始める。その間も羽鳥はいいよいいよと声をかけながら写真を撮り始めていた。

「暴漢に襲われても屈しない青葉君……いいね」

「おいやめろって」

「本番はしないから、ちょっとそれっぽい写真撮るだけだから！」

暴力的な雰囲気はないものの、得体のしれない危機感を覚えて青葉は必死に抵抗する。井深には前科もあるので、あまり羽鳥の言うことを鵜呑《うの》みにして油断は出来ない。

見下ろす井深を睨み上げると、ふっと笑った。

「まあ、ちょっとザーメンかけさせてもらうかもしれねえけど」

「は!?　ふざけんな！」

「目指せ、青葉君の寝取られ快楽堕《お》ち！」

「だから、あんたはさっきからなに言ってんだよ！」

突如叫び出した羽鳥に戦《おのの》きつつ、青葉はたまらず叫び出す。

そんな青葉の問いには答えず、羽鳥は頬を染めながらカメラを持つ手を震わせた。

「そ、それと裸エプロンしてもらっていいかな。あとありきたりだけど、メイド服も用意したんでそれも」

「いいわけねえだろ。ていうかあんたはちょっと黙ってろ」

変態だがそこそこ無害な羽鳥はひとまず後回しにして、井深のほうをなんとかしなければならない。

間の抜けたやり取りのせいでいまいち緊迫感がないが、他人の精液をかけられるなど冗談ではなかった。体を触られる程度ならどうにか我慢できなくもないが、そんなものは無理に決まっている。

だが冗談ではなかったらしく、井深がベルトを外し始め、青葉はぞっとした。

「俺が先にやっていいのか？」

「うん、なにより写真が優先だから、お先どうぞ」

何故勝手に自分の処遇を親しくもない男たちに決められなければならないのか。

けれど、やり取りは真剣味にかけるが、青葉の旗色は思ったより悪そうで、脂汗が滲んでくる。

――ちょっと、これは洒落にならねえってマジで……！

悪寒に震えたのを怖がっていると勘違いしたらしい井深が、耳元で息を荒くする。

「初めてじゃねえんだろ。もったいぶってんじゃねえよ」

初めてに決まってるだろ馬鹿野郎、と言い返してやりたかったが、ますます相手を喜ばせるだけのような気がして、必死に言葉を飲み込んだ。

それでも無意識に逃げようと身動ぎした青葉の体を、井深が抱き留める。

「逃げんなよ、大人しくしろ」

「離せって、変態！」

シャツの裾に入れられた汗ばんだ手が気色悪くて暴れると、また、捻挫をした足首を握られる。強い鈍痛に、青葉は堪らず体を丸めた。

「……っ！」

「……いい子だから、じっとしてろって」

体が震えるのは、痛みからか恐怖からか、自分でもよくわからない。蹲《うずくま》っていた青葉の体を仰向けに押し倒し、井深が嗤う。

「普段強気なやつが怯えるのが興奮するんだよ。……これで初めてなら申し分なかったんだけど、まあしょうがねえ」

——だから初めてだっつうの。

「淫乱とかいうわりに、この慣れない反応が可愛いいな」

——だから、慣れてませんって。全然。

むっつりと黙り込んだままでいると、カメラを構えた羽鳥が、残念そうな顔をして駄目出しをする。

「青葉くん、なんかもうちょっと抵抗してくれる？　ガチガチも可愛いんだけどさー、いまいち物足りないんだよね」

「おい、押さえてる俺の身にもなれよ。おとなしいほうが便利だろ」

「……好き勝手言ってんじゃ、ねえ！」

青葉は、勢いをつけて上体を起こした。本当は頭突きができればよかったのだが、井深に抱きかかえられたまま、その体の上に覆いかぶさるように転がる。

しかし体勢が逆転し、腕の拘束が緩んだので、なんとか逃げ出そうと身を起こそうとした。けれど後ろ手に縛られているのでうまく立て直せず、すぐに起き上がった井深に再び床に押さえつけられる。

「こいつ……大人しくしろ！」

暴れようとしたが、怪我をしたところを痛めつけられたらと思うと身が竦んだ。

「あー、なんかそれっぽいといえばそれっぽいんだけどさ、俺の言った抵抗ってのはもうちょっとこう『いや……っ』って弱々しく拒みながら震える手で暴漢の肩を押し返すみたいなさあ」

ぶつぶつと文句を言う羽鳥に、井深が「お前の妄想に付き合っていられるか」と吠える。

そればかりは青葉も同意見だ。

「ったく、仕切り直しだ」

服を脱がされ、上半身を剝かれる。裸の胸を触られ、そんな写真を何枚か取られた後、井深が顔を寄せてくる。

「っ、ちょ……！　やめろよ！」

なにをされるのかわかって、青葉は必死に顔を背けた。口の横に男の唇が当たって、ここにきて初めて泣きそうになる。

「やだ！　触るな！」

「なんだ急に暴れやがって。黙って口開けろよ」

「っ、やだ、そこは嫌、だめ……！」

顎を押さえつけられ、必死に抵抗する。傍らの羽鳥がそうそうそれそれ！　と興奮気味の声を上げたが、今はそれに構っている暇はない。頬を舐められて、鳥肌が立つ。

「逃げんなよ、おい」

「唇だけは、好きな人のものですか青葉くん！」

他のものも全部好きな人以外にはあげたくないに決まっている。けれど、そんな願いをきいてくれるとも思えない。

会長、と心の中で助けを求めた瞬間、ＬＬ教室のドアが開いた。

ドアの前には、尊、波音、経ヶ峯が立っている。よほど急いできてくれたのか、三人とも息が上がっていた。

まさかの三人の登場に、井深も羽鳥もぽかんとしている。羽鳥はほどなくして、三人に向けてシャッターを切った。自分はこの男に神経が太いと言われたのかとちょっと腑に落ちない。

「青葉！」

真っ先に飛び込んできたのは尊だった。井深を青葉から引き離し、青葉を抱き起こしてくれる。そして、手に巻かれていたガムテープを剝がしてくれた。

「大丈夫か⁉」

尊が、狼狽しながらも青葉を優しく抱きしめてくれる。埃っぽい教室の床から、尊の匂いを嗅ぎ、ほっと息を吐いた。

答えない青葉に焦ったのか、尊は、さっと顔色を失くし、それから絶対零度の視線で中にいる男たちを一瞥する。

普段は温厚な尊に睥睨され、井深と羽鳥が流石に息を飲んだ。

「……平気です。ちょっと色々困惑はしたけど、本当になにもされてないです。一応」

「なんでそんな曖昧な言い方なわけ？」

波音が訊くのに、自分でもどう説明したらよいのかわからないのだと頭を振る。

「ていうかなにこの写真。俺と青葉ばっかじゃん。うわ、なんでこんなのまで。気持ち悪い。全消去！」

「いやあああ！」

カメラを奪った波音が、言いながら操作をする。中身を全て消去したのか、羽鳥が甲高い悲鳴を上げていた。

経ヶ峯は騒ぎに乗じて逃げ出そうとした井深を捕まえて締めあげている。

波音と経ヶ峯が二人をＬＬ教室から叩き出す様子を眺めながら、青葉は抱いてくれている尊をそっと見上げる。

至近距離の尊と目が合った瞬間、その深い色の瞳がみるみる潤んできた。こんな状況だというのに、青葉はのんびりと、その目がきれいだな、と見惚れてしまう。

「青葉、ごめん」

「なんで会長が謝るの」

ぎゅっと抱き寄せられ、尊の胸に顔を埋める形になる。支えてくれる腕の広さにほっとしながら、青葉は久しぶりに触れた尊の頭を撫でた。

「会長は、なにも悪くないじゃん。今回は本当に無関係だよ」

勘違いも甚だしく、どちらかと言えば青葉の不注意が招いた結果だった。握られた足首は痛むがそれくらいで、特に被害はない。

「本当に、なにもされてない？」

「もう、ばっちり間に合ってます。ちょっとキスされちゃったくらいで」

青葉の科白に、尊が固まる。あれ、と顔を上げ、倒置法で「口の横に」と言い添えようとした唇に、尊の唇が重なった。

「……っ」

ぬるん、と入ってきた舌に、びくりと体が竦んだ。こぼれそうなくらい目を大きく見開いたまま、青葉は尊の舌を受け入れる。

縮こまったままの青葉のものと絡めるのを諦めたらしい尊の舌は、すぐに口の中から出て行ってしまった。

唇を離し、尊が目を開けるのを見て、ああ、彼は目を閉じてたんだな、とどうでもいいことに気が付いた。

尊はまだ硬直している青葉を見つめ、親指の腹で青葉の唇を拭う。

ひくりと喉を鳴らして、青葉は氷解したようにようやく身動ぎをした。

「青葉、尊先輩、なにしてんのー？　行くよ」

戻ってきた波音がひょっこりと顔を出す。尊は何事もなかったかのように、青葉を抱き上げたまま立ちあがった。

「た、立てま……」

「うん？　立てる？　無理しなくていいんだよ」

そう言いながら、尊はそっと青葉を下ろしてくれる。よろめきながらも廊下に立って、青葉は困惑しつつ波音の袖を引いた。

「よしよし、青葉。……とりあえず、あの二人は生徒会室に経ヶ峯先輩が連行してくれたから、ちゃんとお仕置きしようなー」

「処遇は青葉に決めてもらう感じかな？　じゃあ、ちょっと青葉を休ませてくるよ。少し、足を引きずってるみたいだ」

「え？　そうなの？　また足挫いた？　……青葉？」

どしたの、と言われて、自分が酷く赤面していることを知る。

尊があまりに普通で、波音も気づかないほどで、――でも、青葉にキスをしたのは間違いない。

ぱくぱくと口を小さく開閉させながら、尊を見やる。久しぶりに目を合わせてくれる尊は、目を細めた。

「青葉？」

怪訝そうに波音が手を伸ばすと、尊は青葉を抱いたまますっと体を引いた。流石に波音もぽかんとしている。

「ひとまず、黄麟寮へ行こうか。青葉は俺の部屋で一旦休んで、俺はそれから話し合いに合流するってことで」

「あ、うん。わかった」

珍しくなにも言わず、波音が大人しく引き下がってしまう。

尊は青葉を抱いたままだ。縋ろうにも、こんなところを見られればまた睨まれるのではないだろうか、という危惧を覚えてうまく触れられない。けれど、しがみついたほうが抱くほうが安定するのもわかって、どうしたらいいのかと混乱する。

「あの、会長。重いから下ろしてくれても」

そう申し出たが黙殺され、そのまま三人連れ立って廊下を歩く。

波音は突っ込まないと決めているのか、助け舟も出してくれずに横に並ぶだけだ。

道中誰にも会うこともなかったが、きっとどこからか見られている。どうしようと戸惑っていると、黄麟寮へと到着するなり尊が口を開いた。

「じゃあ、先に行ってて」

「……うん」

波音が振り返り、青葉を見る。俺も、と言ってみたが、尊は下ろしてくれないし、波音も手を貸してはくれなかった。

生徒会室ではなく、やはり先程言った通り、尊の部屋へと連れて行ってくれるらしい。

興味がないわけではないが、一人でそこに運ばれる理由がわからないし、だからこそ怖い。

「会長、俺平気ですから生徒会室に行きましょう」

「うん」

そう言いながら、尊は階段で二階へと上がっていく。やはり、生徒会室へは行ってくれないらしい。

乱暴にドアを開けて入った尊の部屋は、引くくらいの豪華さだった。

ベッドは何故か一人部屋なのにダブル。寮の二人部屋でダブルよりはましかもしれないが、それにしてもおかしい。

茫然としていると、湯の張られていないバスタブに降ろされ、頭からシャワーの水をかけられた。

「つめた……！」

「――くはないだろう。ここのシャワーは常に四十度以上のお湯が出る」

確かにそうだが、いきなりシャワーを浴びせるというのはどうなのだろうか。流石にかっとなって、尊に食い掛かる。

「なにするんですか、突然！」

「──どこまでされた」

怒鳴るような口調で言われ、青葉は口を噤む。

「本当は、隅々まで洗って擦ってやりたいくらいなんだ」

「別にそんな」

「どこまで、なにをされた。本当にキスだけなのか⁉　どうして抵抗しなかった！」

大声で叱責され、青葉はぐっと詰まる。助かった安心感と、怒鳴られた悲しさがないまぜになって、涙が出そうになる。シャワーがなければ、ごまかせなかったかもしれない。

ぎゅっと唇を噛んでそっぽを向くと、顎を掴まれて強引に振り向かされた。

「青葉！」

「……抵抗したよ」

気丈に返したつもりが、語尾に涙が滲んでしまった。尊が、はっとして瞠目する。

「暴れたら、余計ひどいことされるかもしれないじゃん。波音が、会長たち呼んでくれるってわかってたし、それに俺、男だし。やられるくらいどうってことないし、だから大人しくしようと思ったんだけど、でもやっぱり触られたら気持ち悪いし、怪我したとこ握られて痛くて……っ」

「っ青葉……、ごめん」

それはもう喋るなということだろうか。無理にしゃべらせておいて、勝手な話だ。

言い出したら止まらなくなって、青葉は泣きながら尊に噛みつく。

「べたべた触られて、変な写真まで撮られて、き、キスまでされそうになって……なんで俺ばっかかって、そしたらもうどうでもいいやって」

「悪かった、青葉。ごめん」

「か、会長が悪いんだ……っ」

「うん、ごめん」

シャワーに濡れるのもいとわずに、尊が抱きしめてくる。その胸に縋って、こんなことが言いたいわけじゃないのにと思いながらも涙が止まらない。

「俺のこと嫌いなら、ほっといてくれればいいのに……！」

「嫌いじゃない」

「嘘だ！　俺のこと無視して、め、面倒だったんだろ、だから」

「嘘じゃない。青葉が嫌いなんて、そんなわけない」

「嘘だ！　嘘つ――」

咎めようとした唇を、強引に塞がれる。

ひく、と喉が鳴った。項を擽るように撫でながら、尊が深く唇を合わせてくる。シャワーの水音しか聞こえなくなり、尊は何度も唇を重ねたあと、顔を離した。

一体なにが起きたのか判然としなかったが、眼前の、水に濡れた尊がきれいで、青葉は茫然と見惚れてしまう。

そんな青葉に、尊は反応に困った様子を見せる。

「……ごめん。俺が悪い。一緒にいたり、構ったりしたら青葉がひどい目に遭うってわかってたのに、離れてやれなかったから」

ごめんな、と重ねられて、青葉は尊のシャツを握る。そうして、必死に頭を振った。

「は、離れて欲しかったわけじゃなくて、会長が離れてくのがさみしくて」

「うん、ごめん。ごめんね。俺ほんと、駄目だ。一杯間違えて、青葉を泣かせた」

何度も謝りながら、広い腕が青葉の体を抱きしめる。濡れた頭を撫でられて、ぐっとなにかが込み上げてきた。

知らない男ではなく、尊のものだ。そう思うと安堵して、涙が溢れた。

「こ、怖かっ……――」

上擦る声に、尊がきつく抱き返す。

「うん、頑張ったね。遅くなって、ごめん」

そんなことない、と首を振って、青葉は尊に抱き付きわんわんと泣いてしまう。尊は頭からシャワーをかぶりながら、いつまでも根気強く、青葉を宥め続けてくれた。


そういう意味では一度も、青葉は人前で肌を晒《さら》したことがない。未知の体験に戸惑う青葉を宥めながら、尊は一枚一枚服を脱がしていった。大浴場には入ったことがあるだろ、と時折口にして、逃げる青葉を抱き込んだのだ。

緊張で冷えていた体は、尊によって浴槽でしっかりと温められてしまった。触られても痛いばかりだったのに、尊の手だというだけで触れられた場所から蕩《とろ》けそうになる。

「あと、どこに触られた？」

「っあ、ぅ」

そう言いながら、尊の指が青葉の中に入ってくる。先程から何度も抜き差しされて、最初はまったく入らなかったのに今では増やされた指を難なく飲み込んでいるのがわかる。浅いところを広げるように擦られて、青葉は唇を噛んだ。まさか、そんなところで感じることは思わなくて狼狽《うろた》えてしまっているというのに、尊は耳元でもう一度問うてくる。

「どこ？」

「そ……っ、んな、とこ、触られてな……ぃ」

切れ切れに訴えると、尊の手が喘ぐ胸に触れてくる。青葉の背後で、尊が「ほんと？」と甘えた声を出す。

どこを触られたのかと問われて、脇腹に、と答えたらその場所に手が這った。丼深の感触が残るところを拭うためなのだろうと思って嬉しかったのは最初だけで、焦らしたかと思えば、望むように与えられる愛撫《あいぶ》に、青葉は翻弄《ほんろう》される。

――へ、ヘタレのくせに……っ。

ヘタレにいいように転がされている。もっと戸惑えばかわいげのあるものを、戸惑っているのは青葉ばかりだ。

不用意に口を開いたら、外聞もなく声を上げてしまいそうで怖い。二度深呼吸をして、青葉は後ろの男に寄りかかる。

「かい、ちょ……」

青葉の肢体を確かめるように触れる指はもどかしく、燻《くすぶ》る熱を煽ってくる。

今まで誰かとこんな風に触れ合ったことはないが、恐らくこれが愛撫というものなのだろう。そんなことを自覚するだけで、眩暈《めまい》がしそうだった。

「さっきから本当だって……あっ」

ぐるんと中を掻きまわされて、甘い声を上げてしまう。

「うん、で、あとはどこに触られた？」

「触られてない、です。本当にどこも……だから、も、」

嘘、と断じた尊に、背後から顎を摑まれた。振り向かされて、唇を重ねられる。

「んん……っ」

「俺より先に、あいつがキスした……！」

深いキスの間隙に涙声の恨み言を呟かれ、青葉は違うと否定する。

「さ、されてな」

「嘘だ。青葉が言ったんだよキスされたって！」

「っい……！」

後ろから首筋に軽く歯を立てられて、尊の指を入れられた中がうねるのがわかる。これ以上責められたらどうにかなってしまいそうで、青葉は背後を振り返った。

「本当です！　キスされたんです、口の横に！」

先程訴えようとした全文をまとめて言うと、尊はきょとんと眼を丸くした。

「……口の横？」

「そうです！　お、俺だって必死だったんですよ！　初めてのキスがあんなやつに奪われるなんて絶対に嫌で――」

「――初めて⁉」

誤解だと言ったときよりももっと大きなリアクションを返してきた尊に、青葉は思わず怯んでしまう。

「あの、はい」

相当乱暴にではあったが、だから幸いにして青葉の初めては間一髪のところで尊が奪っていったのだ。

そんな事実を告げると、尊は青葉を抱き上げて浴槽から出た。

「会長、あの、床が水浸しに」

そんなことは気にも留めないで、尊はベッドルームに向かう。学生寮とは思えないほど立派なベッドの上に青葉をそっと下ろし、体重をかけないように上に乗ってきた。

「……初めて、だったの？」

「あの、そうですけど、シーツが濡れます会長」

尊と一緒に尊のベッドの上で横になるというのは、それだけでひどく緊張した。じっと見上げると、尊は眉をハの字にする。

「ごめん、俺ひどいな……、すごく乱暴にしたよね」

「いえ、でも、……はじめてが、会長だったから」

もうそれで十分ですと、告げた言葉の恥ずかしさに気づいて頬が熱くなる。

尊は泣きそうな顔をして、青葉の額に触れて前髪を掻き上げた。そして、子供にするような優しいキスをする。

「仕切りなおしていい？」

うるうるとした目で見つめられては断れるはずもない。はい、と頷いて尊の背中にしがみついた。

最初は唇についばむようなキスをして、尊は顔中にキスの雨を降らせる。請われるままに口を開き、熱い舌を受け入れる。柔らかいのか固いのかわからない舌に口腔《こうこう》を愛撫されると、鼻から甘い声が漏れた。

拙《つたな》いなりに必死に応えているうちにどんどん気持ちよくなってきて、頭がほわほわとしてくる。

ようやく唇が離れ、尊の顔を確認すると見下ろす瞳が嬉しそうに笑っていた。

「……ん、ぁ」

青葉の唇を解放した尊の唇は、今度は首筋に移った。それから肩、腕、指、鎖骨、胸と、全身をくまなく愛撫する。

けがをした足首に音を立ててキスをされ、青葉はいつの間にか閉じていた目を開いた。

「痛む？」

「へいき、です」

「湿布貼っておこうね」

そう言ってベッドを降りようとした尊にぎょっとして、青葉は慌てて腕を引く。首を傾げて見返す尊に、これは意地悪をしているのか本気なのか、非常に迷うところだった。

さっきからとろ火で煽られた体はもうすっかりその気になっているのに。

やられっぱなしは性に合わないと、青葉は尊をベッドの上に引きずり戻した。仰向けになった尊の腰の上に、のしかかる。流石に驚いた顔をしながらも、尊は青葉の腰を支えた。

「湿布なんて後で貼れば大丈夫です！　だからもう……じ、焦らさないで……くだ、さい」

するっと言えればよかったのに、最後の最後で恥じらってしまい、そんな自分に青葉は顔を赤くした。

尊の腰の上でまごついていると、抱き寄せられて唇を重ねられる。

「ん……、ん」

「積極的だね、青葉」

「だって……、っんん」

　キスをしながら、先程柔らかくされた場所に指が入れられる。尻の形を確かめるように尊の掌が動き、何度か揉んだ後に指がゆっくりと増やされた。

「んっ……！」

　口腔を愛撫されながら根気よく弄《いじ》られているうち、頭も体も蕩けていくような錯覚に襲われた。既に立ち上がっていたものが、お互いの腹で擦れて昂っていく。既に乾いていたはずの肌が、汗ばみ、濡れた。

「ん、ぅ……っ、ん、んっ……——！」

　追い立てられて、びく、と無意識に腰が跳ねる。恐る恐る身を起こして確認すると、青葉の放ったものは尊の腹の上を汚していた。尊の上で、一人で達してしまったことを知り、羞恥と動揺に血の気が引く。

「ご、ごめんなさい……っ」

　いくら気持ち良かったとはいえ、一人でさっさと終わらせてしまうなんて。当然尊のものはまだ達していなくて、大きくはりつめたままだ。

　どう詫びれば良いかと当惑していると、尊は青葉の放ったものを指で掬い、先程まで弄っていた青葉の後ろに触れた。

「ひゃっ」

くちゅ、と濡れた音が聞こえ、青葉は尻を浮かせる。けれど尊はそれをわざと聴かせるように、指を動かしているようだった。

「や……っ」

尊の指から逃れたいのに、跨《また》ったまま狼狽えてしまう。そうこうしている間に、散々弄られて柔らかくなった場所を広げられた。

「っ……！」

固くなった尊のものが、先程まで指を飲み込んでいた場所に当たっている。それは、自分で入れろということなのだろうか。

「……青葉、できる？」

駄目押しのように問われ、眩暈がするくらい顔が熱くなった。

震えながら頷き、腰の下にあるそれにおずおずと触れる。支えるように手で触れた尊のものは、自分のものより随分と大きく、熱い。

こんなの入るだろうかと思いつつも、早く繋がりたくて、尊は上がる息を押さえんながらゆっくりと腰を落とした。

「あ、ぅ……」

丁寧にほぐされた場所に、溶けそうなほどに熱いそれが埋め込まれていく。圧迫感に下腹が痛いほど張って、青葉は唇を噛んだ。

未知の感覚に腰が止まり、青葉は尊の腹筋に手を乗せてはあはあと浅い呼吸を繰り返す。

「青葉、ちゃんと柔らかくなってるし、もう少しだけ入れたらあとは楽だから」

「や、できな」

「おねがい、青葉」

甘えるように声音で請われて一瞬うっと詰まったが、それでも無理なものは無理だと首を振る。

「やだ、無理」

今でも十分苦しいのに、これ以上されたら死ぬかもしれない。寸止めをされて、尊のものが固く張りつめているのがわかって申し訳なくなるが、だからこそ怖いのだ。抜いてと頭を振ると、尊に腰を掴まれる。

「うそ、嫌」

「ごめん、ちょっと、ちょっとだけだから我慢して」

「ちょっとだけじゃない、絶対、や、や、嫌だって、あ、あ……っ」

　ぐっと押し込まれた瞬間、あれだけ入らないと思っていたものがずるりと体の中に納まる。いつのまにか尊の腰の上にぺたんと尻をついていて、射精していたことに気づいた。

「あ、れ……？」

　いつのまに、と思うのに、体はその余韻を今更になって訴えて青葉は身を震わせる。断続的にとろとろと零れる残滓《ざんし》は、青葉が気づかない内に尊の腹を再び汚していた。

「あ……ぅんっ」

　下から緩く揺さぶられ、その動きに合わせて声が漏れる。

　繋がった部分を指でなぞられて、体を揺すられると自分でも信じられないくらいに感じて頭がくらくらした。

　さっきまで痛くて苦しいくらいだったのに、自分の体が信じられない。

「っ……青葉……」

　掠れた低音が、腰に響いてくる。

「あ、あっ、かいちょ、会長……っ」

「ん……、青葉……」

　溺《おぼ》れそうになって伸ばした手を、尊が繋ぎとめてくれる。いつの間にか自分でも腰を動かしながら、青葉は啼《な》いた。

「あ、駄目、だめ……っ」

胸までせり上がって来た快感が堪える間もなく爆《は》ぜる。後孔を締め付けると、尊はくっと息を詰めた。

その圧迫が緩むのに少し遅れ、体の奥で男の熱を感じる。尊のものがある、もっと深いところまで熱いものが撫ぜていき、青葉は仰け反った。

「あっ、あ、ぁ……っ」

痛いわけでもないのに涙が出てきて、青葉は必死に唇を引き結んだ。

「ん……っ」

腹筋だけで上体を起こした尊に、深くキスをされる。対面座位の形になって角度がかわったせいで、青葉はまた声を上げかけたが、唇で遮られた。

必死にその背に縋りながら、慣れないキスに懸命に応える。無意識に止めていた呼吸を引き出され、唇を離すなり尊に抱き付いて荒い息を吐いた。

「青葉」

「……はい」

息切れの状態でなんとか答えると、腰を撫でられる。その手が意図するところを察し、なにより中に入ってるものがまだ硬いままで、青葉はぱっと密着していた尊から身を離し

た。

目の前にある尊の髪は、情交のせいで少々乱れている。それが官能的に美しく、けれどいつものようにちょっと甘えた表情を作って、尊はこてんと首を傾げた。

「ごめんね？」

まだ余韻に四肢の末端が痺れているくらいなのに、間を開けずに受け入れるなんてできそうにない。

「会長、俺まだ……っぅあ」

下から突き上げられて、青葉はびくりと硬直する。奥で出されたものが、更に掻きまわされた。

「やー……っ」

熱の醒《さ》めきっていない、慣れない体は既に限界で、青葉は泣きが入ってしまう。

「初めてなのに、っ、ひど……、怖い……っ」

「青葉、可愛い」

昂ぶりに上擦る声に、喉が引きつる。それだけ尊が夢中になってくれているのだと嬉しがる余裕はない。

なだめるように触れていた手も、いつしか自身の快楽を追うために青葉の腕を摑み、揺さぶる。繋がった部分が、どろどろに溶けてしまいそうな気がした。気持ちいいのかどうなのかもわからないその感覚がただ怖くて、青葉はしゃくり上げる。

突き上げられるたびに声を上げ、もうやだ、助けて、とその責め苦を与えている尊に縋った。

「青葉……っ」

「う、あ……っ！」

再び深い場所で出されたものに、突き上げられるようにして青葉も達する。びく、と体が痙攣《けいれん》し、青葉はぐらりと後方に倒れた。

尊が慌てながらも抱き留めてくれて、顔を覗き込んでくる。頬を上気させた尊はとてつもなく色っぽくて、青葉はうっかり見惚れてしまう。

「だ、大丈夫？　ごめん、俺無茶しすぎたかも」

急にヘタレモードになった尊に笑い出しそうになりながら、青葉はゆるゆると頭を振った。

「へー、き」

「ほんと？」

「……嘘、平気じゃない」

重ねられた問いに、二度は強がれなかった青葉は本音を漏らす。ひっと息を飲み、尊は顔面蒼白になる。

「ごめん、ごめんなさい！　本当にごめん！」

申し訳なさそうにしながら、尊は何度も何度も謝ってくる。

合意というか、むしろ乗っかったのは自分だったので、そうまでされると若干居心地が悪い。

あまりに謝って引かないので、青葉は「じゃあ」と一つ提案した。

「ひとつお願い聞いてくれます？」

「勿論。なんでも言って」

「じゃあですね」

さらっとさりげなく言おうとしたが、言う段になって途端に恥ずかしくなり、頬を染めてしまう。

急に恥じらった青葉を怪訝に思ったのか、尊が首を傾げる。

「なに？　どうしたの？」

「や、あの……やっぱなんでもないです。さっきのお願いなしで」

「……なんかそう言われると逆に聞きたくなるんだけど。なに？　なに？」

「あ、の」

ここはなんでもないことのように言ってしまおうと思ったが、やはり面映《おもは》ゆくなって視線を逸らしてしまう。

「ん？」

「二人のときだけでいいんで……、み、尊先輩、って呼んでいいですか？」

今まで「会長」としか呼んでこなかったせいで、先程の初体験のときも色気のない呼び方をしてしまった。だからせめて先輩という敬称付きでも名前で呼びたい――という願望が思いのほか乙女思考のようで、やっぱり恥ずかしくなる。

やはり言うのをやめとけば、と後悔した青葉の中で、まだ入っていた尊のものが硬度を一気に増したのがわかった。

「え……？　あっ」

身を離した尊に、繋がったまま仰向けに倒される。

「あの、会長……？」

一体どうしたのかと困惑すると、見下ろす尊がにっこりと美しい微笑みを浮かべた。

「会長、じゃないだろ？　ね？」

「ね？　ってあの、あっ、待っ」

まだ慣れない体は、急に臨戦態勢になった恋人の熱についていけずに困惑する。

「え？　あの、あ――」

一体どんなスイッチが入ったのか、尊は青葉の慣れない体を再び押し倒した。

その後、慣れた呼称で呼ぶ度にいじめられた青葉は、声が嗄《か》れるまで恋人の名前を呼ぶ羽目になったのだった。


「まあ、いろいろ解決したようでよかったよ。いろいろとねー」

あははー、と一見朗らかに笑う波音の言葉にはわかりやすく毒が含まれていて、青葉は体育館のステージ横にある放送室で息を吐いた。

朝から何度目だよ、とつっこむのも既に数度目で、けれど己の不義理を思えば甘んじて受け入れるしかない。

「……悪かったよ」

「ううん、いいんだよ別にー。全然気にしてないからー」

ならばそろそろ嫌味を言うのはやめてくれないかという文句を青葉は飲み込んだ。

今は定例朝会の真っただ中であり、檀上のマイク前では会計の花京院が今年の生徒総会についての話をしている最中だ。その後ろには尊をはじめとする高等部執行部員と中等部の会長、副会長が並んでいる。

放送室に二人きりとはいえ、先程からぼそぼそと私語をしているため、経ヶ峯に思い切り睨まれてしまった。

二人で目だけで謝り、顔を見合わせて笑う。

尊と初めての夜を過ごし、朝起きたら波音から電話やメールの着信が鬼のように来ていた。慌てて連絡を返したが、安堵した分怒りが湧いたらしい波音にちくちくと攻撃される羽目になったのだ。

自業自得なので、青葉が文句を言うことはできない。

「青葉はまあいいよ。でも『あとで行く』って言っておいて、自室で恋人をアンアン言わせてた会長ってどうなのよ」

「あんあんなんていってない……っ」

波音の表現に前のめりになりながらも言うと、「言ってたよー」と返された。黄麟寮は部屋が防音となっているらしいが、完全に遮音できているかどうかは定かではない。

　まさか自分のあれやこれが漏れていたとは思いたくないが、藪蛇《やぶへび》になりそうで口を噤んだ。

「……ま、元気ならよかったよ」

「あまり大事《おおごと》にしたくない」と青葉が訴えていたので、井深と羽鳥には表向きの処分は下されなかった。だが羽鳥は情報処理部と写真部、及びＰＣ関連への接触を制限され、井深は一か月の罰掃除を言い渡され、当然青葉への接触禁止令が出された。

　高山は、ＬＬ教室を出た後、迷いはしたもののすぐに波音を呼びに走ったらしい。教室に行ったが波音の姿はなく、黄麟寮まで急行したが一般生徒だったために入館手続きに手間取って、少しタイムラグが出来たそうだ。

　その後のことは、今朝尊から聞いている。

　唯一の気がかりが、高山のことだったのだ。同じ罰を受けないか、羽鳥から不利益を与えられはしないかと。

　羽鳥に脅されているという事情を察していたらしい尊は、昨晩青葉が泥のように眠っている間に色々と動いていたようだ。

　――羽鳥の親のほうには、こちらから釘を刺しておいた。……それから、念のため高山のご家族にもね。転職のお誘いも含めて。

——え、そうなんですか。

——こんなときでしょ、親の威光を存分に使っていいのはさ。

きらきらとした微笑みの中に少々黒いものを感じつつ、悪いようにはならないだろうと安堵もする。案外と頼りになる、と頬を緩ませていると、波音に「エロい顔すんな」と頬を抓《つね》られた。

小言を朝から散々言いながらも、波音は黄麟寮まで青葉を迎えに来てくれて、警護するように一緒に教室へ行ってくれたのだ。

今朝の青葉の机の上には何故か色々なものが載っており、その中に花が見えたので意外と攻撃の手はやまないものだと内心嘆息したのだが、近づいてみるとそれは今までのような嫌がらせの類とは少し違っていた。

机の上の山はごみではなく、パンやジュース、お菓子、未使用の文房具、人気漫画の単行本などだったのだ。遠目に見えた花も、花壇のものを失敬したのか小さなブーケになっていた。

それからすぐに朝会のために体育館に移動となったので、一体誰がどういう意図で、というところまでは迫れなかったが、波音は察しているらしい。

「少なくとも、俺のことで青葉につっかかるやつはいなくなったと思うよ」

経ヶ峯に睨まれつつも話しかけてきた波音に、青葉も乗っかる。

「……朝のって波音のこととなんか関係ある？」

青葉の問いに、波音は思案するように首を傾げた。

青葉に怪我をさせたのは、会長派ではなく――というようなことを言っていたのは井深だったか。

「俺のばっかりってわけじゃないと思うけど、多分そうなんじゃないかな。あれは一応お詫びの印なんだろうよ」

「……なんかしたのか？」

「ちょっとこらしめといた」

「……『ちょっと』？」

波音にまで手を出したと怒り狂っていた面子を、どうしたら御せるのだろうか。不思議に思って訊くと、波音はにっこりと愛らしい笑みを浮かべた。

「青葉に手を出したら、二度と触らせないから、って釘刺しただけ」

「は……ええと」

なんとなく聞き逃せない言葉を聞いたような気がして、青葉は困惑する。

触る、というのは一体どういう意味合いまでを含むのか。会話などの接触のことを言っているのか、それとも物理的に触れることを指すのか、はたまたもっと深い意味合いなのか——なんとなく聞けず、顎を引く。

「……とりあえず、ありがとう」

どういたしまして、と波音が返すタイミングで、花京院が降壇する。ミキサーを調整しつつ「生徒会役員は不可侵条約があるんじゃなかったっけ……」と浮上した疑問を、やはり口にはしなかった。

花京院と入れ違いで登壇した尊は、相も変わらず如才なく演説を始める。放送室の窓ごしにその横顔を見ながら、昨夜のことを思い出してしまって青葉はちょっと赤面した。

今後の学校行事の説明をしながら、尊が青葉を横目で見やる。一瞬目が合って、どきりとしながらも微笑むと、尊も笑い返して前を向いた。

『……ところで、先頃から問題となっていた件がひと段落したところですが』

唐突に話し始めた言葉に、館内がにわかにざわつく。ある程度ぼかしてはいるが、青葉に関する問題については生徒全員とは言わないまでも相当数の人数が知っていることだ。

一番蚊帳の外である教師陣だけが、何事かと疑問符を浮かべているようだった。

尊は落ち着き払った声で続ける。

『僕のほうから改めて言っておきます。あれは僕のです。今後一切、手を出さないで頂きたい』

「ちょ、青葉……っ！」

なぜか嬉しそうに、波音が青葉の背中を叩く。俺のもの宣言きたよ！　と言われても、ちょっと頭がついていかない。

なんでここでそれを言っちゃうんだよと思いつつも、嬉しくなってしまっているので同罪と言えるかもしれない。

「煽るような真似して、とか言わないの」

そんな素直じゃないことを波音に振る。波音は肩を竦めた。

「初めの頃ならともかく、今は青葉にも味方が多いしね。逆に青葉狙いも増えたところだったから、牽制としては有効だよ」

『……それから、誰のものであろうとああいうことがあるのはこの学園に身を置く者としては悲しいことです』

それから尊は、生徒会執行部に目安箱を設置したことを言い添えた。目安箱は専用のメールアドレスも作ったので、校内にあるＰＣから送信してほしいこと、校舎及び各寮の入口・下足入れ近くに箱を置くことが伝えられる。入口と下足入れ付近という場所は一見人目に付きやすいが、人の少なくなる時間帯も多い。あからさまに普段生徒が通らないところや保健室などに設置すると、姿を見られたときに「投書をするために来た」と察しがつき匿名性が低くなるから、らしい。

なにかあったら執行部に相談してくれれば力になります、と結んで尊がマイクから離れた。

「スクールカウンセラーとかと同じなんだよね。カウンセリングをしたことを知られたくないからカウンセリング室に行けない、っていう心理みたいなもんで」

波音の解説に曖昧に頷きながら、青葉の頭の中では先程の言葉が渦巻いている。

青葉がぼんやりしている間にステージ上では経ヶ峯が閉会宣言をし、執行部の面々も降壇し始める。

「あ、じゃあ俺ステージ片付けてくる」

出て行った波音と入れ違いに、尊が放送室へ入ってきた。それを見て、青葉はミキサーを慌てて調整する。

「お疲れ様」

「お疲れ様です。……俺、尊先輩のなの？」

椅子の上で膝を抱えながら言うと、尊は目を丸くした後、蕩けるような笑みを浮かべて近づいて来た。

「ものみたいな言い方しちゃったから、怒った？」

「別に。ちょっと、驚いたけど」

そう言いながらも、声に喜色が滲むのが自分でもわかって照れくさくなる。尊はきょろきょろとあたりを見渡して、青葉の頰に小さく口づけた。

「尊先輩も、俺のものなんだよね？」

「……昨日沢山確かめただろ？」

二人きりのときより余裕があるのは、まだ尊が「会長」の皮をかぶっているからだろうか。

まんまと赤面したのが恥ずかしくて、青葉は尊の腕を引く。「波音たち、怒ってたよ？」と言いながら、もう一度唇を重ねようとした瞬間、ばたんと大きな音を立てて放送室のドアが開いた。

驚いて弾かれるように尊から身を離すと、珍しく血相を変えた波音と経ヶ峯が立っている。

どうした、と問うより先に、波音が叫んだ。

「マイク、入ってる！」

「……え？」

青葉は尊と二人揃って固まる。それを証明するように、波音の声がスピーカーを通して体育館に響いたのが聞こえた。

尊が入ってきたときに、音量の調整をした。そのつもりだったが、慌てていたせいでなにか間違ったのかもしれない。

振り返るのが怖くて硬直している青葉をよそに、尊は「おや」と呑気な声を上げる。恐らく、一番こうであってほしくない、という事態になっているのだろう。——音量調整ではなく、マイクをオンにしてしまっていたのだ。

「明日からどんな顔すれば……ていうか俺今からどんな顔してりゃいいのか」

生徒会長のものだと明言してしまったこともだが、なんだかやけに甘えた声で甘えたことを言った自覚もある。

青葉が激しく動揺すると、尊はこてんと首を傾げた。

「別に、俺の恋人って顔してればいいんだよ」

そう囁いて、強張った青葉の顔を胸に押し抱く。

そして、青葉の背後にあるスイッチに手を伸ばし、今更ながらマイクをオフにした。

生徒会長の決意

毎年九月初旬に行われる白金《しろがね》学園の文化祭は、学校イベントの中でも特に盛り上がるもののひとつだ。

中等部・高等部合同で行われるため大がかりで、普段大した娯楽もない反動か、唯一外部の人間が校内に入ることができる機会だからか、当然気合も入る。準備は夏休みに入る前から行われ、本当にお祭り騒ぎと呼ぶにふさわしく生徒たちも浮足立つのだ。

それは受験を控えた高等部三年生であっても例外ではない。

「──じゃあ、休憩行ってくる」

引きずるほど長いスカートをちょっと摘まんで持ち上げながら、尊《みこと》は自分のクラスを出る。廊下に出た瞬間、少々注目を浴びてしまってどきどきしたが、平静を装った。

人の視線は生徒のもので多少耐性が付いているが、今日は外部の来賓も多い。人見知りの顔が出てきそうで、尊は必死に飲み込む。

──そりゃ注目も浴びるよ。こんなでかい図体した男の女装だもん……。

とほほ、と心中で嘆きつつ、文化祭実行委員会が置かれている生徒会室へと足を向けた。

文化祭は実行委員が指揮を執り、執行部以下生徒会はその手足となって運営する。

クラスの出し物にも参加しつつ、委員としての仕事をするのは少々きつい。出し物参加の場合は事前準備のほうに多く回されるとはいえ、忙しさに目が回りそうだ。

黄麟寮は文化祭のときに限り出入り口の錠を外しているが、やはり無関係の人間は足を踏み入れられないようになっている。相変わらず静かな寮内へと入り、尊は生徒会室のドアを開いた。

「お疲れ様、なにか変わったことあった？」

「異常ありませ……え？」

生徒会室にいた面々が、登場した尊を見て固まる。恋人の小西青葉《こにしあおば》、幼馴染みの経ヶ峯《きょうがみね》、波音《はのん》、そして中等部の役員が数名だ。波音はすぐにげらげらと笑いだし、経ヶ峯は、顔を顰めた。その二人以外は、青葉も含めて目を丸くしている。

訊かなくても理由は知れたが、経ヶ峯が親切にも口に出して指摘した。

「……なんだ、その恰好は」

「ん？　特進文系コース伝統の『執事・メイド喫茶』のメイドだけど？」

経ヶ峯の問いに、両手でスカートをつかみ、カーテシーを行う。経ヶ峯が心底いやそうに「やめろ」と呟いた。

白金学園は文武で言えば文により重きが置かれており、高等部三年ともなれば外部講師を呼び校内・寮内で夏期講習がみっちりと行われる。特別進学コースである尊のクラスは、最も受講時間が長く、夏休み中に文化祭の準備に充てる時間が取れない。そのため、ワンパターンだと不満も出たが、昨年までの特別進学コースの諸先輩がたと同じ「執事・メイド喫茶」で決まった。事前準備がほとんど要らず、かつそこそこ受けがいいというのが理由だ。

「……お前にそういう恰好させるってのはまた……文系は相変わらず頭おかしいな」

「あっ、文系差別反対。理系のほうが別方向にマッドだろ」

「うるさい。ここはなんともないから、文化祭でも見て回ってこい。最後なんだから」

それはお前も一緒だろう、と思いつつも、尊は素直に引いた。確かに最後だ。恋人と過ごすのも、最初で最後になる。

「一人じゃつまんないから、青葉も一緒にこない？」

「え？」

尊の誘いに、青葉がまごつく。横に立つ経ヶ峯に視線をやり、経ヶ峯もまた青葉に目を向ける。視線で会話をする二人に、尊は笑みを作った。

「うそうそ。仕事の邪魔はしないよ。おとなしく一人で回ってくる」

なにかあったら呼んでくれと言いおいて、尊は外へ出た。

一人で回るとは言ったが、特にすることもないし、似合わぬ女装で校内を練り歩くのも躊躇われたので、尊は寮の前にあるベンチに腰を下ろす。他寮では入口での出店があるためそれなりに賑やかだが、黄麟寮周辺は静かだ。

いい天気だなあ、とぼんやりとしつつ、先程の二人の様子を思い返す。夏以降、青葉が波音の補佐をするようになったからか、会長の補佐役である副会長の経ヶ峯と行動することが多くなった。恋人と親友のやりとりに深い意味がないことはわかっているのに、嫉妬の表情が出そうになってしまう。

「あぶないあぶない」

頬を軽く引っ張りながら、嘆息する。つまらない悋気《りんき》で一人を不安にさせてはいけない。

定例朝会で青葉は自分のものだと宣言してしまって、おまけに恋人としての会話を不慮の事故で放送してしまったのは、先日のことだ。結局あの件については、「変な含みを持たせてしまったが、青葉は『生徒会のもの』であり手出し無用、ということで他意はない」ということをいちいち言って回る羽目になった。

この件について割と青葉に同情的だったのは経ヶ峯で、さりげなく「青葉はうちの子」だなどと後追いで宣言していたし、青葉の友人である波音も「青葉は俺のもの。尊先輩も他の執行部もみーんな俺の」とフォローらしきことをしてくれていた。元々面倒見のいい経ヶ峯だったが、その一件でもともと憎からず思っていた青葉もすっかりと懐いてしまって、恋人としては心穏やかではない。

——……それに、なんか最近……。

そんなことをつらつら考えつつぼんやりとしていたら、不意に背後から声をかけられる。

「——お嬢さん、暇なら俺とお茶しませんか」

聞き覚えのある声に、はっとして振り返ると、プラスチックカップを持った青葉が立っていた。

「青葉！」

「はい、お茶どうぞ尊先輩。横失礼しますね」

すっと差し出されたお茶を両手で受け取る。青葉は尊の横に腰を下ろした。

最近ようやく、下の名前で呼ぶのに慣れてくれたらしい。いずれは「先輩」という敬称も取ってほしいところだが、校内で生活している以上はそうもいかないだろうと我慢している。

「青葉。仕事はいいの？」

「経ヶ峯先輩がいいって言って下さったんで休憩です。ついでに、あっちで茶道部が何故かアイスティー売ってたので買ってきました。あ、砂糖とミルクいります？」

「ううん、大丈夫。ありがとう」

差し出してくれた砂糖とミルクを、青葉はポケットにしまう。そう言えば水分補給をしている暇がなかったことを、一口飲んでから思い出した。思いのほか喉が渇いていたようで、すぐに半分ほど飲んでしまう。ふっと息を吐くと、青葉がパンフレットで風を送ってくれていた。

「あー……涼しい」

「暦《こよみ》の上では秋ですけど、まだまだ暑いですもんね。その衣装もすごい暑そう」

生徒会室で顔を合わせたあの一瞬で、尊の体調を心配してくれてわざわざ来てくれたのだろう。世話を焼かれて、胸がきゅんとする。

――……もー。ときめいちゃうよ。でも俺以外にも、こういうことしちゃうんだよねえ。

以前から潜伏していた「青葉派」は、着々とその数を増やしている気がする。初期は青葉の小柄で可愛らしい外見に惹かれる者が多かったが、今はそれよりも、青葉の兄貴肌なところを魅力に思うものが増えたらしい。

「あとこれもどうぞ」

「なに？　ハンカチ？」

隅に、口が×のうさぎの刺繍がしてあるタオルハンカチを差し出される。

「ここ来る途中で、タダでいいから千本つりやってけって館山《たしやま》先輩に言われて。先輩うさぎ好きでしょ？　プレゼント」

ありがとうと受け取りながら、尊は内心穏やかではない。

館山というのは、以前は尊に傾倒していたため、青葉をプールに落とそうとした人物だ。あれ以降すっかりと青葉に鞍《くら》替えをしたらしい。

元々青葉は、やられたらやり返すが、自分から仕掛けたりはしない。敵対していた相手にも分け隔てないし、一度懐に入れたらとことん優しく面倒を見てくれる。見た目は小柄で可愛らしいからこそ、余計そのギャップにやられるようだ。

特に同輩や後輩に多く、来年、最上級生になることを考えれば数は更に増え——と、尊はやきもきしてしまう。

「先輩？」

黙ってしまった尊に、青葉は怪訝な顔をする。尊は苦笑して、エプロンを摘まんでみせた。

「ありがとー。よりによって、この生地ベロアなんだよね。それに、暑いのもそうだけど、似合わないのも辛くて」

「えっ？」

「自分でもわかってはいるんだけどさ。これが特進の伝統というかゲテモノ売りというか」

青葉や波音のように小柄で可愛いタイプは執事の恰好をして、尊のように大柄なものがエプロンドレスを着用するというのが定番になっているのだ。おまけに、慣れない化粧まで施してある。

そもそも、衣装が使いまわしのため必然的にそうなってしまう。エプロンドレスは所謂メイド服と呼ばれるものではなく、裾の長い伝統的なコスチュームで、身長百七十五センチ以下のものが着用すると引きずってしまう仕様だ。

「ここに来るまで結構じろじろ見られたしさぁ……俺身長百八十以上あるんだよ？　同じ身長でも女性ならともかく、俺がこんなの似合うわけないよぉ……」

「先輩、地がちょっと出てますよ！」

さめざめと弱音を吐いたところで小声で耳打ちされ、なんとか表情を取り繕った。

きゅっと唇を引き結んだ尊に、青葉が頬を緩める。そして、汗でうっすらと張り付いた尊の前髪に触れた。肌が触れて、どきりとしてしまう。

「似合わないなんて、そんなことないですよ。先輩もともと美人だから、どんな服でも似合います」

「っ……」

突然口説いて来た青葉に、尊は二の句が継げなくなってしまう。もっとも、青葉はそんなつもりなどないのだろう、健全な笑みを浮かべたまま手を離した。

あまり顔貌を褒め称《たた》えられるのは好きではないが、青葉は尊の顔をお気に召しているらしい。そう思えば嬉しくもあり、この胸の高鳴りをどうしてくれるのだと悶えながら、尊は咳払いをした。

「あ……ありがと。ところで、ご両親は来てたの？」

「いえ、でもじいちゃん――大伯父が来てて」

「小西氏？　そういえば俺のところ来たよ？」

尊の報告に、青葉は「え!?」と大声を張り上げる。来ていることは知っていたが、尊の元に現れたこと自体は知らなかったらしい。顔面蒼白になっている。

「あの……なにか無礼なことを」

「いや？　というか、お顔は知ってたから俺のほうから声をおかけしたんだよ。むしろ俺がこんな恰好で出迎えたことが無礼だったんじゃないかと思うくらいで」

「そんなことないと思います。あの人もここ出身なんで」

青葉の力ない言葉に、まあ確かにと納得する。

以前からちょくちょく話に聞いていた小西圭一《けいいち》氏は、青葉に雰囲気の似た、小柄な男性だった。尊のクラスへやってきたので、声をかけたのだ。写真で一方的に顔を知っていた小西氏は、突然女装の男子高校生に声をかけられ、少し驚いた様子だった。

血縁者が入学したOBとして顔を出したという態ではあったが、実のところ可愛がっている大甥の相手をチェックしに来たらしく、少々雑談をした後「で、君のほうが下なの?」とけろりと訊ねてきた。恰好が恰好だったのであらぬ誤解をさせたかと焦ったが、冗談だよと笑い飛ばされた。

「あとで波音にも会いたいって言ってたよ。結構学校のこと色々話してるんだね」

「あ、はい。元々両親が俺に友達いないの心配して学校に通わせたかったってのが始まりなんで……だから、波音の話は両親だけじゃなくて、大伯父にもしてて」

青葉は尊との接触もあって、転校してきたばかりの頃は友達もあまりおらず、いじめやいやがらせの対象になっていた。青葉の場合は尊のせいでもあるが、それでなくとも帰国子女というのは日本の学校に馴染みにくい。どこまで話していたかはしらないがさっと両親や小西氏も気を揉んだことだろう。あのままではきっと、今日の文化祭も満足に迎えられなかったし、二年生の冬に予定されている修学旅行も楽しくなかったはずだ。

入学して半年、青葉は沢山の友人が出来たようだ。友人に囲まれる青葉を見るのは嬉しい。けれど、その「友人」の中に潜む「青葉派」の存在を考えれば、やはり穏やかではいられない。

先程から、尊と青葉の前を通る生徒がちらちらとこちらを気にしているのは、気のせいではないだろう。青葉は特に違和感を覚えていないようだが、出店が周辺にあるとはいえこのベンチ周辺に用事のある生徒は少ないはずだ。

――それなのに、何度も行き来する生徒がいる……ということは、青葉の出待ちでもしてたかな？

尊がいるので話しかけては来ないようだが、不自然に何度も行きかう生徒が数人いるのを見逃してはいない。それが青葉目的だと悟れるのは、彼らが尊に対して邪魔だと言わんばかりの、敵意を含んだ視線を投げているからだ。

割と中等部、高等部に関わらず、在校生にはくまなく好かれているという自負が尊にはあったが、この手の視線は増えた。

――……冷たくあしらわれた初体験は青葉だったけど。

寧ろ、それが新鮮で、青葉が気になったのが恋に落ちるきっかけだった。誰にも拒絶されないのが当たり前だったのに、尊が差しのべた手を青葉は嫌がる。自分を見て欲しい、頼って欲しい、振り向かせたい、と生まれて初めて思ったのだ。

そして、見かけによらず血気盛んで危なっかしくて、面倒見のよい青葉が気になった。

――まあでも、青葉だから可愛いのであって、そうじゃない相手に優しくなんてしないけどね。

自他ともに認めるヘタレだったというのに、そんな風に好戦的になる自分が尊は意外だった。今までだったら、どうしようとただ焦っていただけかもしれない。自分が卒業したら、波音に目を光らせてもらい、自分もマメに青葉に会おうと心に決めている。

「青葉」

そんな風に決意を新たにする中、いつまでも席を立たない二人に焦れたのか青葉に話しかけてくる猛者がいた。顔を確認すると、青葉と同じクラスで、白虎寮に所属する生徒だ。

「今休憩？　よかったら一緒に回らないか？」

断れ、断れ、と思念を送ったのが効いたのか、青葉は「ごめん、あとでな」と笑顔で可愛らしく断った。振られた男は、尊を恨みがましく見ながらその場を後にする。

「いいの？」

心にもない確認をした尊に、青葉は困ったように微笑んだ。

「あとで回ろうと思えば回れるし……それに、尊先輩とはこれが最初で最後の文化祭だから、一緒にいたいじゃないですか」

可愛い、とうっかり口に出しそうになり、慌てて飲み込む。

文化祭が終われば、すぐに生徒会役員選挙が始まる。つまり、定禅寺《じょうぜんじ》が率いる生徒会執行部は、この文化祭が最後の仕事となるのだ。現生徒会は辞退しない限りは信任投票の後、そのまま繰り上がりになるが、尊や経ヶ峯、花京院《かきょういん》たちは引退となる。

「寮に行けば会えますけど、でも放課後に会うのはもう当たり前じゃなくなるし、それに、勉強ももっと忙しくなるんでしょう?」

「まあ、うん」

実のところ、尊はそれほど受験勉強に対して不安はない。昨年度から模試の判定結果にも問題はなかった。進む大学は小さなころから決まっており、卒業後の進路も家業にと決められている。

けれどここにきて、尊は生まれて初めて己の進路について「焦り」を覚えていた。

それは、恋人である青葉の存在が大きい。

彼は既に大学を卒業していて、調べたところによると学生時代に製作した医療用プログラムが実用化されており、個人資産でいえば尊よりも多く所有していると思われた。もっとも資産については両親が管理しているらしく、青葉の知るところではないようなのだが。

それに比べて、自分はちょっと実家が金持ちで、学内で支持されているというだけでなにも持っていない。青葉に見劣りしないように成長していかなくては、と密かに気負っていたのだった。

「そうなってから気を散らせたくない。だから、今日は一緒にいるって決めたんです」

そんな尊の気負いが伝わって、青葉を不安にさせていたのだろうか。駄目だなあ、と己の器の小ささに苦笑する。

「これから……ちょっと寂しくなるけど、我慢しますから。だから、今日は俺と一緒にいてください」

青葉の指が、一瞬だけ尊の指に触れる。それから逡巡する様子を見せ、尊の袖をきゅっと摑んだ。平素が割とそっけないタイプなだけに、ちょっとしたときに出る甘えた仕草は本人が想像している以上の破壊力だ。

尊は堪らなくなり、青葉の顎を指でついと上向かせる。無防備なその唇に、軽く唇を寄せた。

「……っ！」

不意打ちを食らって軽くではあるがキスを受け取ってしまった青葉は、顔を赤くしたり青くしたりしながら尊からベンチの端っこまで移動した。

「な、な、こんなところでなにをするんですか……っ」

誰かに見られたら、と慌てる様子も愛らしい、と悠長に思いつつ、目を配る。

目撃したのは寮の周辺にいた数名、というところだろうか。ただただ驚いているものもいれば、ショックを受けているもの、それから敵意を向けるもの、様々だ。

先程青葉に振られた男も、諦め悪く近くにいたらしく、渡り廊下の陰でよろめいていた。

——やっぱり、青葉の元を離れるのって辛いかもなぁ。下手にフォロー入れたのがまずかったかな。

思案している尊に、青葉は「聞いてるんですか！」と爆発した。

「え？　ああ大丈夫ですか！」

「なにが大丈夫大丈夫大丈夫」

「大丈夫。文化祭だから皆多少なりとも羽目を外してるし、青葉はアメリカ育ちだし、それにほら、今は俺が女性の恰好してるじゃない？　だから大丈夫だよ」

ね、と尊は笑みを浮かべる。

ああそういうものか、と納得しかけた青葉だが、やはりそうでもないと思い至ったのか、眦《まなじり》を吊り上げた。

「そんなわけ——」

「いいから。そういうことにしなさい。ね？」

先程のキスで口紅がついてしまった青葉の唇を、指で優しく拭ってやる。青葉は唐突な接触に狼狽えながら硬直した。

——牽制牽制。

目を細め、尊はまだ刺さる視線に所有権の主張をすべく、再び青葉の唇にキスをした。

あとがき

はじめまして、こんにちは。栗城《くりき》偲《しのぶ》と申します。

この度は拙作『全寮制男子校に転入してみた。』をお手にとって頂きまして、有難うございました。プラチナ文庫では、なんとこれで十冊目となりました。楽しんで頂けましたら幸いです！　ものすごく雑なタイトルに見えますが、担当さんにもご協力頂いて、非常に悩んで悩んでこれになりました……。

私は、高校の三年間（正確には一年の後期から三年の前期までの丸二年ですが）、生徒会執行部に在籍していました。生徒会というのは生徒や学校のための雑用部署なので、創作物のようなかっこいい組織ではないのですが、だからこそ余計「生徒会が猛威を振るう学校」というものを当時から楽しく思っていた気がします。

ボーイズラブ小説を書かせて頂くようになってからずっと方々で「『高校生もの』じゃなくて『学園もの』やってみたいんですけど……」と打診し、その度さりげなく躱されていたのですが、今回あっさりと許可を頂いて書かせて頂けました。寮と大名行列と豪奢な生徒会室と出版社名もじりの学園名が書けて嬉しかったです。でも「文化祭で攻めに女装させちゃうところが栗城さんですよね……」と担当さんに言われてしまいました（笑）。「あ、じゃあ受けも女装させましょうか？」と寝ぼけた発言をして「そうじゃないですよ……二人とも女装したらわけわからないことになるじゃないですか……」と、担当さんを悲しくさせました。すみません。

イラストは乃原《のばら》キリオ先生に描いて頂くことが出来ました。表紙のあまりの愛狂しさに悶絶です……！　青葉《あおば》も尊《みこと》もうさぎも背景のドットも全部可愛いー！　とはしゃいでしまいました。表紙と本文イラストのうさぎがあまりに可愛かったので、どうにか本文中に増やせないかと考えてしまいました……。

お忙しいところ、本当にありがとうございました！

最後になりましたが、この本をお手にとって頂いた皆様に、心より御礼申し上げます。皆様がいて下さるから、ここまで頑張って来られました。ありがとうございました。

またどこかでお日にかかれることを願って。

栗城　偲

Platinum Label

全《ぜん》寮《りょう》制《せい》男《だん》子《し》校《こう》に転《てん》入《にゅう》してみた。

プラチナ文庫をお買いあげいただき、ありがとうございます。
この作品を読んでのご意見・ご感想をお待ちしております。

★ファンレターの宛先★

〒102-0072　東京都千代田区飯田橋3-3-1
プランタン出版　プラチナ文庫編集部気付
栗城 偲先生係 / 乃原キリオ先生係

各作品のご感想をWEBサイトにて募集しております。
プランタン出版WEBサイト http://www.printemps.jp

著者――栗城 偲(くりき しのぶ)
挿絵――乃原キリオ(のばら きりお)
発行――プランタン出版
発売――フランス書院
〒102-0072　東京都千代田区飯田橋3-3-1
電話(営業)03-5226-5744
　　(編集)03-5226-5742
印刷――誠宏印刷
製本――若林製本工場

ISBN978-4-8296-2572-9 C0193

栗城 偲
SHINOBU KURIKI
恋をするには遠すぎて
それは恋じゃない。
——「萌え」だ！
チャラい高校生の袖崎陣は、地味で無口でオタクなクラスメイトの外舘翔馬が大嫌い。陰湿な嫌がらせを繰り返していたが、恋バナにすら赤面する外舘の初心で小動物みたいに可愛い一面にときめき、キスしてしまい…！
Illustration:小嶋ララ子

P2481

プラチナ文庫
Platinum Label

栗城 偲
Shinobu Kuriki

地角の衆生

一緒にいないと、寂しくて死んじゃう。

ひとりでいるのが寂しくて、夜ごと仲間を探して鳴いていた鵺は、人間の寛慶と出会い、初めて温もりを知った。寛慶もまた癒えない寂しさを抱いていると知り、鵺は思わず彼を抱きしめて……。

Illustration: ミナヅキアキラ

P2542

●好評発売中！●

プラチナ文庫
Platinum Label

P2556

●好評発売中!●